上巻

山手樹一郎

春陽堂書店

目次

桃太郎侍　上巻

仮の宿

（おや――！）

かつぎ呉服の伊之助（いのすけ）は目をみはった。暮れやすい秋の西日が、まだひんやりと片側に明るい浅草蔵前通り（あさくさくらまえどおり）を、着流しに雪駄（せった）ばき、いやしからぬ若い浪人者が両国のほうへ歩いている。

（たしかに八、九十両、ひょっとしたら百両か――？）

伊之助は商売がら、この男一皮むくと、身の軽いところから仲間ではサル之助でとおる盗児だ。今はすっかり足を洗っているが、昔の癖で、なんとなくその浪人の懐中の金けにひかれて、駒形（こまがた）あたりから、ふらふらとつけてきた。別にどうしようと考えたわけではない。

と、いましがたそこの横丁から出た女が、ふと間にはさまって、遅れるでもなく、追いこすでもなく——気をつけて見ると、どうやら歩調を合わせているらしい。

（畜生——）

ただ者ではない。ホウズキ色のサンゴの根掛けが心憎いばかりいきないちょうくずし、えりのかかったじみな黄八丈を抜き衣紋にして、つやつやと白いえりあし、顔はわからないが、すらりと肉づき、なまめかしいうしろ姿の、どこかに鋭い気合いがあふれて、——漫然と歩いているのではない。たしかにねらっているのが、ぬすっとの勘にピンとくる。

（女スリだな）

急にサルの敵愾心が燃えあがった。むろん、はじめから金がほしくてつけていたのではないのだが、敵があらわれたとなると、しかもそれが女では、いじでも黙ってひっこめない。一足先に金を抜いて、女の鼻をあかしてから、無事に元の浪人にかえしてやる、つまり腕くらべだ。

（負けるんじゃねえぞ。サル）

伊之助は背中の荷物をゆすりあげて、なにげなさそうにあたりを見まわした。人通り絶えない表通りだが、まだだれも、このふしぎな自分たちの連鎖に気のついた者はないらしい。

それはまずいとして、伊之助がちょっと困るのは、——どんな厳重な戸締まりでも破って物音を立てず、まっ暗やみを平気で歩いて、ちゃんと金のありかをかぎ出す芸は、サルと呼ばれていささか仲間に知られた手ぎわを持っているが、白昼、人の懐中を抜く芸当は、残念ながら自信がない。このままでは、いかに敵愾心に燃えても、とうてい勝ちみのないことだ。

しかし、勝ちみがないからといって、ただ相手の仕事のじゃまをしたのでは、なんのてがらにも自慢にもならぬばかりでなく、むしろ、ぬすっと仲間のつらよごしだ。

(どうしてくれよう!)

女のあだっぽいうしろ姿をそれとなく見張りながら、サルの伊之助はすこしあせってきた。

さすがに女も、ちょっと相手に乗ずるすきがないらしい。若い浪人のうしろ姿に、自然とそなわるたしなみがうかがわれるのだ。女はとりすましてけぶりにも見せず、だての素足に吾妻下駄(あずまげた)、すそさばきも軽く、——やがて天王橋へかかろうとすると、

「見つけたぞ、女!」

通り合わせた勤番ふうのふたりづれ、そのひとりが、つかつかと、つかみかからんばかりに、突然女の前へ立ちはだかった。バカげた大声だったので、あたりを歩いていたほどの者が、みんなびっくりして立ち止まる。

「なんだ、進藤！」

連れの年上らしいのが、いぶかしそうに寄ってきた。どっちもいなか侍らしく、堂々たるからだつきの武骨者である。

「それ、このあいだ、拙者が品川で、――な、話したろう、あれだ」

先のがいいしぶるのを、

「ああ、貴公の胴巻きを抜いたという女か」

大きいのが地声で、連れは遠慮がない。

「そ、それだ、そのずぶとい女だ」

「よし、逃がすな」

肩を怒らせて、退路を断つように、うしろへまわる。しかも、柄に手をかけたのは逃げたら斬る気か――それにしても、気の早い男だ。

（妙なことになりやがったぞ）

　サルの伊之助は、ちらっと、若い浪人のほうをぬすみ見た。百両のカモである。こいつを逃がしては、いじも腕くらべもない。

　が、突然のことに、これも思わず足を止めたという形で、――見ると、鼻筋のとおったおうようなおもだち、キリッと結んだくちびるに決断力の強さを思わせる男らしい侍だ、それが好奇の目をみはって立っているので、

（まず、カモのほうはだいじょうぶ――）

　安心して伊之助は女のほうへ目を移した。

　全く、妙なことになったものである。

「さあ、おとなしく出せ！　ふらちなやつだ。盗んだ胴巻き、いや、財布だけでもこれへ出せ」

　進藤と呼ばれた勤番者が、クマ手のような手を突きつけてわめいているのだ。

「いやですねえ」

　わめかれた女は、びっくりしたように美しいまゆをひそめて、――二十三、四でもあろうか、これはまた、うしろ姿にも増して、妖艶ともいいたい年増ぶり。

「あたしは、ついそこの、代地で踊りの師匠をしている坂東小鈴って女です。なにかお人違いじゃないんですか？」

ちゃんと名のりをあげて、恐れげもなく相手の顔を見あげる。

「黙れ黙れッ！　坂東だか、小鈴だか知らんが、きさまに違いはない。いくら姿を変えても、拙者の目はごまかせんぞ」

いたけだかになってわめきかえす進藤。

「まあ、あたしがどんな姿で、なにをしたとおっしゃるんです？」

小鈴と名のる女は、至極落ち着いている。

「こやつ、ぬけぬけと、しらをきる気だな。あの時は百姓女に化けおって、――いいかわした男が江戸にいる。それを追って故郷を出てきたのだが、途中で路用をつかい果たした。お恥ずかしいが、腹がすいて歩けない。ご親切なお武家様と見ておすがりするのだと、拙者に泣きつきおったろう」

勤番者は正直である。もし、この女がほんとうに胴巻きを抜いたのだとすると、その抜いた女をつかまえて、ご丁寧にも、初めから説明しだした。

「ちぇッ、のんきなもんだな」

伊之助はあきれてしまった。物珍しそうに集まってきた見物が、ニヤニヤ笑っている。

「拙者はきのどくに思った。で、品川の茶屋で中食をとってつかわしたに、いつの間に薬をいれおったか、――一本か二本の酒に正体もなく酔いつぶれるような拙者ではない。それが、気がついてみると、きさまも胴巻きも消えている」

「ホホホ、おきのどくさまですこと。胴巻きが消えたのはお察しいたしますが、その、きさま呼ばわりだけはとんだ迷惑――」

「迷惑したのは拙者だ。いくらきさまがごまかそうとしても、こっちにはちゃんと証拠があるぞ」

「証拠――?」

小鈴は小バカにしたようにわらっている。

「そのきさまの左の二の腕に、なんとか命、と男の名がいれずみになっているはず、――どうだ、今のうちに、すなおにあやまってしまったほうが身のためだぞ」

「いやですねえ。お武家様のくせに、むやみにそんな女のからだなんか探りたがるから、胴巻きが消えたがるんですわ」

「無礼な！　きさま、あくまでしらをきる気だな。——よし、化けの皮をはいでくれる」

進藤はカッとなって、いきなり女の腕をつかもうとした。

「なにをするんだ。バカ！」

気の強い女である。ピシャリと白い手がそのほおへ走って、すばやく横へ身をひるがえそうとしたが、そうはいかなかった。

「おのれ——！」

退路をふさいでいた男が、ヒョウのようにおどりかかって、背後から小鈴を抱きすくめるように、グイと右腕を首へ巻きつけたのだ。

「あッ、なにを！——放して！」

女はその腕をかきむしりながら、バタバタと身をもがく。

「静かにしろ。騒ぐと絞め殺すぞ。——進藤、早く女の腕を調べろ」

「よし——！」

不覚にも横っつらをなぐられて、激怒していた進藤は、パーンと小鈴のほおへ平手打ちをくれ、荒々しく左手をわしづかみにする。

「ひきょう者！　よくもあたしを、あたしを！」

小鈴は自由にならぬ顔をゆがめて、必死に進藤をけろうとする。たちまちゲタが飛んで、白いはぎが、乱れたすそが――。

（なんでえ、大きなやろうが、ふたりがかりで、ざまあねえや）

少しおとなげないので、見ていたサルの伊之助（いのすけ）、さすがに義憤を感じた。群衆の中にもまゆをひそめている者が多い。――これで、問題のいれずみがあったら、どんなことになるだろう。同情とも不安ともつかぬ感情が、だれの心にもあるらしい。

「騒ぐな、こいつ！」

進藤は乱暴にも女の腕をぬじあげぎみに、スルリと緋（ひ）のこぼれるそで口を肩のあたりまでまくりあげた。白々と肉づき豊かな二の腕が秋日にさらされて、一点のしみさえない。

「あっ、消えている！」

「バカ！　いれずみが消えるものか」

小鈴はくやしそうに罵倒（ばとう）した。

「右の腕を見ろ、進藤」

「おお」

しかし、その右腕も、ただいたずらに女盛りの、みなぎる膚のなまめかしさを思わせるばかりで――。

「ないか――」

「ないな、たしかにこの女なんだが」

進藤は当惑のまゆをよせた。

「焼き消すという手があるぞ。もう一度左を調べてみろ」

こうなると、抱きすくめているほうが、どうにもひっこみがつかないのだ。

（おや――！）

伊之助はギョッと目をみはった。――そいつ、よほど腹のすわったやつとみえて、わめきながら、早くもことめんどうと思ったのだろう、首へまいている手にじんわりと力を入れて、絞め落としにかかっている。

女はもう声も出ない。

「貴公ら――！」

声を掛けて、ツカツカとそれへ出た男、――カモ浪人だ。

「いいかげんに許しておやりなさい。若い女ひとりを、かわいそうではないか」

たまりかねたとみえて、語気が鋭い。思わず群衆がひしめきたった。

「なんだ、きさまは――！」

「まず、その女を放しなさい。なにも絞め落とすことはあるまい」

「や、こやつ！」

ずぼしをさされて、さすがにハッと女を突っ放しながら、いきなり柄に手をかける。てれかくしだ。

ヨロヨロとよろめいた小鈴は、大地へくずれるように両手を突いて、蒼白の額へジットリあぶら汗をうかべている。肩も胸もせつなげに大きく波打っていた。

「名を名のれ。なんだ、きさまは！」

横合いから進藤が、これもてれかくしに意気ごまざるをえなかったのだろう。

「わしの名が聞きたければ、貴公ら、先に名のりたまえ」

「拙者は進藤儀十郎だ」

「おれは橋本五郎太――主名は遠慮する」

「そのほうが利口だな」

カモ浪人はニコッと笑った。相手ふたりが目をむいているだけに、そのおうようぶりが人目に立つ。

「ムダ口をたたかずに名のれ！」

橋本五郎太が詰めよった。——なんのことはない、女で失敗した気まずさを、ここで取りかえそうといった形だ。

「別に名のるほどの者ではないが、——わしは素浪人桃太郎」

「なにッ——？」

「桃から生まれた桃太郎」

カモ浪人はケロリとしている。

（こいつはいい）

サルの伊之助は背中の呉服物をゆすりあげて、フンと鼻を鳴らした。うれしくなってしまったのである。

「きさま、われわれを愚弄する気だな」

進藤がたちまち憤慨した。

「いや、愚弄はせぬ。桃太郎だから桃太郎と名のったまで」

「しからば姓をいえ、――姓を！」

「姓は鬼退治！」

伊之助がどなってヒョイと人の背へ隠れた。どっと群衆が笑いだす。

「だれだ！」

進藤がまっかになって、いきりたつのを、

「捨てておけ、進藤」

さすがに五郎太が苦い顔をして、

「貴公、われらになんの用があるのだ」

改めて桃太郎侍のほうへ向きなおった。

「いや、女がかわいそうだから、ちょっと口をきいたまで、――どうやらこれは貴公らの見込み違いのようだ。もう許しておやりなさい」

「黙れ、見込みちがいではない。たしかに、この女なのだ」

進藤はまだ納得せぬ。

その女はやっと立ち上がって髪をなでつけながら、まぶしそうに桃太郎侍をみつめていた。

「しかし、貴公が見たという証拠のいれずみはなかったではないか」

「消したのだ。墨で書いておいて、あとで消す、やりかねない女だ。よけいな口は出さずに、ひっこんでいてくれ」

「よろしい、わしもひっこむから、貴公らもひっこみなさい。たとえ事実、この女だったにもせよ、武士が胴巻きを抜かれるまで気がつかなかったのは貴公の不覚、今さら往来中で騒ぎたてるのは恥さらしだ。いさぎよくあきらめることですな」

「なにッ、そんな口をきくところを見ると、さては、きさま、この女の同類だな」

くやしがって、進藤が食ってかかる。

「そう見えますかな。もっとも、一度物をとられると、人がみんなどろぼうに見えるそうですからな」

軽くかわされて、カッと逆上したらしい。

「許さん、こやつ！」

乱暴にも、サッと抜刀してくる。

「たわけめ！」

とっさに体を左にひねって、前のめりに流れてくるきき腕をハッシ！　したたか手刀がはいった。

「アッ」

ガラリと刀を取り落として、進藤がよろめく。

「やったな！」

横合いから五郎太がすかさず風をまいて斬りつけた。すばやく左足をひいてかわし、そのきまった体勢を利用して、

「エイ！」

抜き打ちの一刀、――ちょうど空を切っておよび腰になった相手の胴へ目にもとまらず、ただし峰打ちだった。

「ウウム」

くずれるようにひざを突く五郎太、――桃太郎侍はと見ると、もう刀をサヤに、さっさと人込み中へ消えて行く。あまりにも水ぎわだった一瞬のかけ引きに、群衆はあっけに取られて声も出なかった。

(よけいな腕好みだったかな)

やっと群衆の目からのがれて、もうだれもついて来ないとわかると、桃太郎侍はホッ

として苦笑した。

（しかし、桃太郎とは思いつきだった）

われながらとぼけていておかしい。しかも、この桃太郎、きょうから宿なしなのだ。生をうけて二十五年、生みの親とばかり思っていた母千代が乳母とわかり、その乳母の臨終に意外な身の秘密を聞かされて、過去いっさいを捨てる気になった自分だ。その人生のかどでに、桃太郎の名はふさわしいではないか。

が、物心ついて以来、

「あなたはりっぱな侍のお子――侍というものは、世の中の人のお手本になるものです」

常にいましめられて、母とふたり江戸の片すみに住み――早く出世して、この慈愛深い母によろこんでもらいたい、槍一筋の武士になったら、よろこんでくれるだろうか。一世にうたわれる剣客となって大道揚の先生になろうか、――ただ母のよろこびのみが目当てであった楽しい生活、その夢があとかたもなく消えたのだ。

「若様、千代はしあわせでございました。もったいないと思いながら、生みの子にもまさる孝行をつくしていただいて、日本一の果報者でございます」

乳母は自分に抱かれて、満足そうに死んで行った。

死んで行く乳母はそれでよかろうが、ただ一つの夢である母を失ってしまった自分は、どうすればいいのだ。名のれぬ父、名のれぬ兄、そんなものはほしくない。

「母上」

呼べばやっぱり乳母の顔がうかんで、——いや、乳母ではない、千代こそ自分の母だ。生きているかぎり、母として千代のおもかげをいだいて行こう。それには、現実の思い出が残る家はいっさい捨てたほうがいいと思いたって、住み慣れた家に別れてきたのだ。

（つまり、宿なし桃太郎——おれは桃から生まれて、千代に育てられたようなものだからな）

天涯孤独、その寂しい心境に秋風が流れて、ふと見上げる空に夕月が白かった。

やがて浅草橋に近いあたりである。うしろから呼ばれて、

「お武家様——」

「やあ、おまえか」

桃太郎侍は意外な目をみはった。さっきの女小鈴が、スラリと立っているのだ。

「先ほどは、危ういところを、ほんとうにありがとうございました」

「わざわざその礼にはおよばぬ」

「いいえ、命の恩人でございますもの」

「そういえば、あぶなく絞め落とされるところだったな」

桃太郎侍は快活に笑った。その気軽さにつりこまれたように、

「あんまり様子のいい格好ではござんせん。声が出ないのですもの、あたし、どうしようかと思いました」

小鈴はあでやかなまゆをよせて見せた。

「とんだ災難、まあ、そう思ってあきらめなさい。――失礼」

あっさりきびすを返そうとするのを、

「お、お武家様」

小鈴はあわてて、そでをつかまんばかり。

「いけません。あたしの家はついこの横丁でございます。どうぞ、ちょっとおたちよりあそばして」

「それにはおよばぬ」

「いいえ、それではあたしの気がすみません。母にもしかられます。どうぞ、お願い」

いつの間にか、ほんとうにそでをつかんでいるのだ。若いから桃太郎侍、町中で美女にそんなまねをされると、ちょっとてれる。——それに、通りかかったかつぎ呉服の中年者が、こっちを見て笑っているのだ。

踊りの師匠ということだったが、なるほど、こぢんまりと黒板塀をまわした粋な住まいであった。玄関わきからすぐ二階の六畳へ通されて、下のことはわからぬが、廊下に立つと、せまいなりによく手入れのとどいた小庭が見おろせる。往来一つ越したところを、神田川が流れていた。

「どうぞ、ごゆっくりなすってくださいまし」

母親だという老婆は、口数少なく娘の礼をいって、早々に降りて行った。

(気の弱そうな年寄りだな)

ひとりとり残された桃太郎侍は、死んだ乳母と思いくらべる。千代はものやさしい中にも気性の勝った折り目正しい母であった。武士の娘だから、町家の女とは比ぶべくもないが、物腰になんともいえぬ気品があって、病の床につくまで、一度も寝姿など見せたことがない。いつも自分より早く起き出して、おそく臥所へはいるのだ。

「先にやすんでくだされればよかったのに」

たまに夜ふけて出先から帰った時など、よくこういうのだが、

「いいえ、これが女に生まれてきたものの、つとめなのです」

と、必ず針仕事などしながら待っていて、わらいながら茶をいれてくれた。

(いい母だったなあ)

しだいに溶けてくるたそがれの色の中に、またしても桃太郎侍は、しみじみとそのおもかげを追っている。

軽い足音が階段をあがってきた。

「すみません、お待たせしました」

小鈴がふすまぎわにひざをついたが、

「まあ、気のきかないおっかさんたら。——お寒かったでしょう?」

急いで廊下の障子を立てて、絹あんどんに灯を入れる。明るくやわらかい灯影がサッとへやの内へ夜を迎えて、——薄化粧をはいた女の顔が昼より白く、いきいきとなまめかしい。少し手間どったと思ったら、すっかり着替えをすませて、ぜいたくな絹物をわざとふだん着らしく、くつろいで着こなしているのだ。

「なんにもございませんけれど、ほんの一口」

いつの間に用意したか、階段のふすまのかげから膳を運ぶ。ちょうしが出る。

「いや、それはいかん。わしはすぐ戻るつもりでいたのだ」

桃太郎侍はちょっと当惑そうな顔をした。事実、すぐ帰るつもりでいたのだし、物堅い母に育てられて、まだこういう種類の女と差し向かいになった経験がないのだから、まして酒などを出されると、堅くならざるをえない。

「まあ、よろしいではございませんか。ほんのお一つ、あたしのお礼心ですもの」

むりに杯を持たせて、

「長くお引き留めしようとは申しません。おうちにお待ちかねのおかたがあるんでござんしょう?」

小鈴はそっと顔色をうかがう。

「いや、わしは宿なしだ」

桃太郎侍は正直だった。

「宿なしって?」

「天涯孤独、きょうから世に捨てられた宿なし桃太郎だ」

「本当ですか」

「本当だ」

「ああ、わかりました。きっと、お好きなかたがおできになって、少しもおうちへよりつかない。それで、見せしめのためのご勘当――お手の筋でしょう?」

「――――」

なるほど、そんな見方もあるかと、桃太郎侍は苦笑した。

「まあ、うらやましい。どんなひとでしょう、だんなさまにそんなにかわいがられるかたって」

小鈴は如才(じょさい)がない。そういいながらも、しきりに酒をすすめているのだ。

「違う。わしは母のほかに女は知らぬ」

桃太郎侍はまじめに弁解するのだ。ポッと酔いがほおに出てきたが、ひざ一つくずさない。だいいち、この男は女に杯を差すことさえ知らぬらしい。ほんとうにうぶなんだと、小鈴はおもしろくなってきた。

「その母に死なれて、急に家がいやになった。なにを見ても思い出すことばかりだからな」

「ほかにご兄弟は？」

「ない。母ひとり子ひとり、二十何年ふたりきりで暮らしていたのだ。ここへ寄る気になったのも、実は、おまえが母にしかられると聞いて、急にうらやましくなったからだ」

大の男に、こんな顔があるだろうかと思われるほど一瞬子どもっぽく寂しげにわらう。

「ごめんなさい。そうとは知らず、勘当だの、いいひとだのって、かってなことばかり申しあげて」

小鈴はしみじみといいながら、なるほど、それで大金を持っているのかと、チラッと男の顔を見あげる。純真そのもののように澄んだきれいな男の目だ。

「それで、これからどうなさるおつもり」

「わからんなあ、天下の風来坊(ふうらいぼう)、きょうが宿なし桃太郎の店開きだ」

「もったいない。あたし、拾わしていただこうかしら」

気をひくようにいってみる。

「よしたほうがいい。食うよりほかに能のない男だ」

「お流れを一つ、くださらない？」

小鈴はそっとにじり寄った。

「ほう、酒が飲めるのか？」

「飲みたくなりましたの、あなたのお酌で」

桃太郎侍は武骨な手つきで、ちょうしを取りあげた。

（すなおな坊やだこと。もうこっちのものだ）

だいたい男なんて甘いものだ。どんなむずかしい顔をしていても、すぐでれりと参る。また、参らせるだけの自信が小鈴にあるのだ。まして、世間知らずの青二才など、物の数ではない。

「ね、だんなさまの本当のお名まえを聞かせてくださいましな」

「桃太郎だ」

「あら、人がまじめにきいているのに。ひやかさないで教えてくだすってもいいでしょう？」

「だから、桃太郎」

「じゃ、姓は？」

「日本一――鬼退治でもよい」

わらっているのだ。

（フン、きいたふうなことを。いまに日本一のでれすけにされるのも知らないで）

小鈴はちょっとしゃくにさわったが、

「ようござんす、教えてくださらなければくださらないでも。そのかわり、今夜はもう帰しませんからね」

杯をかえしながら流し目にしっとりと風情を含んで。――が、この男には通じぬらしい。

「いや、そんな迷惑をかけてはすまぬ。こうしてごちそうになるのからして分に過ぎると、心苦しいのだ」

「いやですね。命の恩人ですもの、当然じゃありませんか。本当はね、あたし――むしのいい考えだって笑われるかしら、――もう一つ、お杯をください。少し酔わなくちゃ、恥ずかしくてお話しできませんわ」

深沈と情熱のみなぎるようななまめかしい肢体をくねらせて、小鈴は大胆にわらって見せた。いつの間にかしどけなくいずまいが乱れて、不謹慎な手が時々男のひざに触れんばかりである。

「もう酔っているではないか」

「いいえ、もっと酔いたいんです。うれしいんですもの。――でも、桃太郎さんは少しもお酔いになりませんのね、お酌がへただからかしら」

下からそっと運ぶ銚子の数もやがて四、五本、男の様子はまだ少しも変わらないのだ。

「酔っていないことはない」

桃太郎侍は端然として答えた。

「だって、少しもお乱しにならないではございませんか、あんなまじめなお顔をして」

「婦人の前だからつつしんでいる」

「まあ、憎らしい。それじゃ、あたしが恥ずかしくなりますわ。ね、どうぞご自分のうちだと思って、くつろいでくださいよ。さあ、お熱いのがきました」

すすめれば決して遠慮はしないが、どうもかってが違う。どんな媚態(びたい)を見せても、ただ澄んだきれいな目が微笑するだけで、少しも女というものを感じていない。

(よっぽどトウヘンボクにできているんだね)

男のくせに、そんなはずはないと、小鈴のほうが少しじれてきた。

「あたしね、うちが女ばかりで無用心でしょう。ですから、ちょうどいい桃太郎がどこかに落ちていたら、ぜひ拾いたいと思っていたんです。そうすれば、さっきのようないなか侍にバカにされなくてもすむし――ね、決してご迷惑はかけませんから、ここを宿にしてくださらない」

これでもわからなければ、ほんとうに金仏だと、小鈴はあけすけに、目にもからだにもあふれる色気を投げ出して笑った。

「せっかくだが、それはできぬ」

桃太郎侍の顔から、ふと微笑が消えた。それだけ真剣になったのだ。

「まあ、なぜいけませんの」

やっとわかったかなと、小鈴は、わざと燃えるような目をみはった。

「わしは畳の上で死ねる人間ではない」

「え――?」

「性分として、無法なやつを見ると許しておけないのだ。今までは母があったからつつしんでいたが、もう天涯の孤児、大きなことを申すようだが、遠慮なく鬼退治がしてみたい。せっかくの好意、身にしみてありがたいが、男一生の念願、悪く思ってくれるな」

心持ち頭を下げるのだ。

（畜生！）

小鈴はカッとなって、思わず顔がまっかになった。かりにも男にふられたのは、はじめてである。しかも、トウヘンボクだとのみ小バカにしてかかったのが、ちゃんと色も情も知っていたのだ。知っていながら、あの静かな目、動ぜぬ物腰、――これが本当の男というのだろうか？

（畜生、負けるものか！）

だれにも触れさせたことのない、いとしいからだだが、このはだを張っても、一度はきっと色ガキにおとしてやる。このあたしのきりょうに、からだに迷わない男なんてあるものか！

小鈴はじっとくちびるをかんで、うなだれた。初めはふところの金が目的だったが、今はもう女のいじである。

「思わぬちそうになって、かたじけない」

桃太郎侍は静かに杯を伏せた。

「桃さん！」

小鈴がやきつくような目をあげる。

「女に、女に、死ぬほどの恥をかかして、それでもおまえさんは男？」

「許せ」

もてあましぎみに立とうとするのを、

「いや！　帰さない、帰さない！」

すばやく膳を片寄せて、いきなり、からだごと狂暴に男のひざへ、――制しきれぬ甘美な感情が、われにもなく胸へせつなく波打って、しばいだか真実だか、自分でもわからなくなる。

（ほれちまったのかしら。――畜生、だれがこんな子どもみたいな青二才に！）

狂おしく身もだえする豊潤な双の肩を、男の強い両手が、たくましく静かに、スッと引き放したと思うと、

「やはりおいとましよう。思い立った男一生の仕事だ。許してくれ」

みじんもまどわぬ、しかし大きな愛情をたたえて、澄んだ目が一瞬じっとみつめて来

酒気にかもされて、むせるような女の脂粉の香を、むりにのがれて外へ出た桃太郎侍は、妙にほっとした気持ちだった。酔ったほおに秋の夜風がさわやかである。

（どうもわからんなあ）

あんな女の痴態を見せられたのは、はじめての経験なのだ。振り切ってきたのがあわれなような気もするし、ついにまどわされなかった自分の強さが誇らしくもある。

（とにかく、女は苦手だ）

そうきめて、——さて、どこへ行ったものか、今夜の宿を求めなければならぬかれである。足は自然と、宵すぎてひっそりと静まった町筋を、浅草橋のほうへ向いている。

「だんな——桃太郎のだんな」

物陰からそっと呼ぶ者があった。

「だれだ」

きょうはじめて名のった名まえ、桃太郎のだんなとは、おかしなことをいうやつもあるものだと、ふり返ってみると、

「へへへ、あっしなんで——」

月あかりの中へ顔を出したのは、どこかで見たことのあるような、中年の男だ。呉服物らしい荷を背負っている。

「だれだ、きさまは？」

「おや、忘れちまったんですか、いやだなあ、――まあいいや、歩きながら話しましょう。だんな、あっちへ行きましょう」

ニヤニヤ笑いながら、蔵前のほうを指差す。なれなれしいやつだ。しかし、悪意のなさそうな、平凡な顔の、どこかあいきょうのある男である。

「いや、拙者はこっちへまいるのだ」

浅草橋のほうへ向かおうとすると、

「いこじだね、だんなは。別にどこへ行かなきゃならないってだんなじゃないんでしょう。帰るあてのある家があるわけじゃなし」

男は平気でそんなことをいうのである。

「なに？」

「まあいいから、あっしと行きましょうよ。悪いようにしやせん」

「そうか。よかろう」

　妙に好奇心がわいて——それに、事実どこへ行かなければならないからだではない。桃太郎侍はあっさり男についてってみる気になった。

「偉い！　そう来なくちゃいけねえ。そのあっさりしているところが、だんなの身上なんだ。ほれちまいましたぜ、全く」

　歩きながら男はひとりで感心している。

「ほれるっていや、だんなはまたひどくほれられちまったもんですね。ああいう女はむきになると、こおうござんすよ」

「なんのことだ、それは」

「ごまかしちゃいけません。だんなが今別れて来た坂東小鈴——きれいな女だ」

「……………？」

　おかしな男だ。なんでもよく知っている。桃太郎侍はいささかあっけにとられた形だ。

「たいていの男なら、ひとにらみで参っちまいまさ。ところが、だんなは違う。そこがだんなの値打ちなんだ。ね、だんな、初めはあの女のてくだだが、だんなのきっぷがあんまり男らしいんで、小鈴のやつ、しまいにゃ、ほんとうにほれちまったんですぜ。そうに違いねえんだ」

「きさま、見ていたようなことをいうな」

「へへへ、まあそんなものなんで。けど、だんな、悪気があったわけじゃありません。これでもだんなの身が心配だったから、そっと見張っていたんでさ」

「見張る？」

桃太郎侍は思わず赤くなった。いったい、どこから見張っていたのか、この男に疑問を持つ前に、ああいう女とふたりきりの対座を見ていられたことが、別にうしろめたい事実はなくても、やっぱり気恥ずかしい。

「いったい、きさまはだれだ。どうしてわしを知っているのだ」

きかずにいられなかった。初対面のこの男が、なんのために自分を見張っていたのか、どうも桃太郎侍の常識では判断しかねるのである。

「へへへ、今種を割りますがね、その前に、もうちっとかってにしゃべらしといておくんなさい。道中が長いんだ。種を明かしちまうと、歩くのがつまらなくなります」

男は背中の荷物をゆすりあげて、――から身の桃太郎侍と、平気で歩調を合わせて行くのだから、相当達者な足である。やがて天王橋へかかろうとしていた。

「では、わしをどこへ案内しようというのだ」

「あっしの巣へお連れ申そうってんで」

「巣——？」

「浅草聖天(しょうでん)裏のお化け長屋、あんまりりっぱじゃありませんが、けっこう夜露はしのげます。あっしがひとり者で、だんなが——なんとかうまいことばがありましたっけね、ひとり者のことを？」

「天涯の孤児か？」

「それそれ。つまり、天涯の孤児がふたり集まったんだ。ぜひお世話をしようと思いましてね」

「世話はいいが、きさま、天涯の孤児まで聞いていたのか？」

　苦笑せざるをえない。

「へへへ、小鈴がだんなのひざへすがりついたのまで見ちゃいませんが、ちゃんと聞いていたんで。——すっかり当てられちまった」

「油断のならんやつだな」

「まあね。——けど、あの女のほうが、もっと油断がなりませんぜ。だんなはもう少しで一服盛られるところだったんだ」

「なに?」

桃太郎侍は耳を疑った。男はグルリとあたりを見まわす。往来はひっそりと、むろん、もう人影一つなくふけていた。

「大きな声じゃいえませんが、ありゃ洗えばたしかになんとかいう肩書きのある女だ。だんなは気がつかなかったろうが、あの二階の床の間と並んだ押し入れね、その押し入れから抜けられる中二階になった隠し間があるんですぜ。しかも、家の横手の路地の塀へのぼると、そこの小窓がうまく入り口になっている。そんな隠し間が、普通の踊り師匠に必要があるでしょうかね」

「すると、きさまは、そこから押し入れへ抜けて潜んでいたのか?」

「大きい声を出しちゃいけません」

男はもう一度なにげなさそうにうしろをふりかえって、

「まあ、そんなことです」

クスンと得意の鼻を鳴らす。

「では、きさまの肩書きはなんだ」

すかさず桃太郎侍が斬りこんだ。

「おやおや、少し早すぎちまったな。あっしはサルの伊之助、一口にサル之助って呼ばれていたが――昔のことでさ。この三年ばかし、すっかり足を洗って、かつぎ呉服の伊之さんです。本当ですぜ。でなけりゃ、なにも、だんなをうちへなんかお連れしやしません」

伊之助はひとごとのようにけろりと答えたが、驚いたのは桃太郎侍である。

「フフフ、だんな、驚いてますね。小鈴は初めから、だんなのふところの大金――失礼だが、あっしは九十両から百の間とにらんだが、違いますか？」

「気味の悪いやつだな」

「当たったでしょう？　そいつをねらって、蔵前あたりから跡をつけていたんです。すると、あの天王橋のいなか侍でさ」

「きさまの話の様子だと、あの女は品川で、ほんとうに侍の胴巻きを抜いたことになりそうだな」

「やりかねませんとも。だいいち、子どもじゃあるまいし、いくらいなか侍だって、あんなひと違いをするはずはないじゃありませんか」

あまり世間を知らぬ桃太郎侍にとって、サルの伊之助のいうことは意外なことばかりであった。

「サル、実はきさまもこの金が目当てでわしの跡をつけていたのだろう。どうだ」

「冗談いっちゃいけません」

伊之助はちょっととろうばいしたようだったが、

「フフフ、だんなに隠したってしようがねえが――本当をいいますとね、さっぱり商売替えをしちまったあっしなんだ。悪気はみじんもねえんですが――持っているなと思うと、ついその金気（かねけ）にひかれましてね、フラフラッとわけもなくだんなの跡をつけていたんで」

正直に頭をかくのである。

「では、わしがあの侍たちに桃太郎と名のった時、鬼退治とヤジウマの中からどなったのもきさまだったのか」

桃太郎侍はどうやら見当がついてきた。

「へえ、勇ましかったね、あの時のだんなは。あれですっかりほれちまったんだ」

「金にほれたのではないのか？」

「おこりますぜ、だんな。あの女といっしょにされちゃたまらねえや。いやんなっちまうなあ。こうしてお供をするんだって、あっしのは、ほんとうにだんなのためを思ってるんだのになあ」

「わしのため？」

「だんな、あわててふり返って見たりしちゃいけねえよ。あの女はきっと、だんなの跡をつけてますぜ」

伊之助は声をひそめて、ものものしく真剣だった。

「ああいう女は、一度思いこんだら、なかなかあきらめるもんじゃねえ。もっとも、もう金はねらっちゃいねえだろうが、帰りにだんなにいったでしょう？――女の口から一度こんな恥ずかしいことを言いだしたんだ。思いを遂げるまでは、きっと一生つきまとうってね。だんなはそれを、いいかげんな女の口説（くぜつ）だと思っているんでしょう？」

「――」

事実、桃太郎侍はもうそれほど気にはしていなかった。だいいち、どこへ飛んで行ってしまうか風のように当てのない身だ。別れてしまえば二度と会うこともあるまいと考えていたのである。

「生娘やしろうと女の甘いのと違いますぜ。ちゃんと覚悟があるから、今夜はおとなしく帰したんだ。あの執念は、とても世間知らずの——気にしちゃいけませんよ。つまり、だんなのようなぼっちゃん育ちにはふせぎきれない。及ばずながら、あっしが後見役をしようと買って出たんだ。さんざっぱら当てられたうえ、疑われたんじゃ間尺に合いません」

「きさまはまた、なんでそんなにわしに肩を入れるのだ」

「だから、ほれたといったじゃありませんか。あっしのいちばん気に入ったのは、鬼退治をしてえっていっただんなのあの気性だ。こう見えても、その気持ちだけは前からあっしも持っている。どろぼうに義賊ってのもおかしゅうござんすがね、あっしは今まで決して、没義道なことや貧乏人いじめはしなかった」

「よし、わかった。では、後見役を任せることにしよう」

一脈なにか相通じるものがある。その心意気に、桃太郎侍は思わず青年らしい興奮をおぼえてうなずいた。

「ありがてえ、やっとわかってくれましたね」

クスンと得意の鼻を鳴らして、背中の荷物をゆすりあげた伊之助が、

「おや！」

なにを見つけたか、すかすように首を前へのばしたのだ。やがて聖天社に近い浅草山之宿――月かげになった道ばたに夜たかそばの赤い灯が見えて、人影が二つ三つ。

「なんだ、伊之助」

「へえ。――たしかにそうだ」

急に伊之助の足が早くなった。

遊び人体のふたりの男が、フーフーいいながら夜たかそばを食っている。すこし離れた軒下に、十ばかりの男の子の手をひいて、そのあんどんの灯に顔をそむけるように、うなだれて立っている女――しょんぼりとは、こういう格好をさしていうのだろう。

「おかみさん。お俊さんじゃありませんか！」

伊之助が立ち止まって、とがめるように声を掛けた。

「あ、お隣のおじさんだ」

子どもの目が急にいきいきと輝いて呼ぶ。

「まあ！」

女は目をみはって――二十七、八でもあろうか、むぞうさなくし巻き、疲れたようなもめん物、貧にやつれた姿ではあるが、まゆの跡も青々と、年増盛り(としまざか)りはあらそわれぬなまめかしさが、おのずとにおいこぼれる美貌(びぼう)を、力なく面伏せた。

「どこへ行きなさる、この夜ふけに」

「はい」

「仙坊、どこへ行くんだい？」

お俊のいいにくそうなのを見て取って、伊之助は子どもに話しかけた。

「あの、あのおじさんたちが迎えにきたんだ」

ちらっと男たちのほうをうかがいながら、子どもが悲しげな顔をする。

「ふうん。この夜ふけに、どんな用があるんだろう」

「――」

お俊は深くうなだれて答えなかった。その母親の顔を見上げながら、

「いくらおっかさんがあやまっても、おっかない顔をするんだもの」

子どもはべそをかくのだ。

「おかみさん、あの金のことかね？」

「はい。どうでも今夜は話をつけなければならないからと、たっての迎えをうけまし

て」

伊之助はじっとくちびるをかんだ。

「さあ、行こうぜ、あにき」

若いほうの目の鋭いやつが、そばを食い終わると、わざと大きな声を出した。

「うむ。いくらだ、おやじ」

年上の、額に向こう傷のあるやつが、勘定を払っている間に、

「おかみさん、行くよ」

若いほうがあごをしゃくって、うながしながら——伊之助など眼中にない。

「もし、お身内衆——」

伊之助は丁寧に頭を下げた。

「おれかい？」

「へえ、田原町のお身内衆でございますね」

「そうだよ、上州屋亀八（じょうしゅうやかめはち）の身内だが、なにか用かい？」

「てまえはこの親子の者の隣に住む伊之助というかつぎ呉服でございますが、あしたの正午の刻までにまちがいなく、お俊さんのお借りした五両はお届けいたします。まこと

にかってなお願いですが、今夜のところはもう一晩だけ、お待ちいただけないでございましょうか？」

「ダメだよ」

「へえ」

「おれたちは親分のいいつけで、今夜金を受け取るか、それができなけりゃ親子のからだをひっぱって来いって、堅く念を押されてきたんだ。文句があるなら、行って親分にいいな」

相手はせせら笑って鼻であしらっている。

「そこのところを、あなたがたのお情けで、どうか親分さんにひとつ――」

「うるせえなあ。何もおまえ、他人の借金をそんなに気にすることはなかろう。それとも、てめえ、この後家となにかくせえことでもあるのか」

「とんでもない」

神妙に下から出ている伊之助を、桃太郎侍は少し離れた軒下から感心してながめていた。

「そんなら、てめえ、何もよけいな口をきかなくてもいいじゃねえか。――どきなよ」

ひどく人を小バカにしたやつだ。——お傻親子が抱き合うように身を寄せてはらはらしている。

「へえ。そうでもございましょうが、あんなに心配している子どもがかわいそうでございます」

伊之助はどこまでも丁寧だ。

「なら、ガキだけてめえにやるから連れて行ったらいいだろう」

「へへへ、ご冗談をおっしゃらないで——金のほうはきっとあしたまでにつごういたします」

「くどいやろうだな。だれがてめえなんかつかまえて冗談をいうもんか。いいかげんにしろい。こっちは先を急ぐんだ」

「そうでもございましょうが、たった一晩のことで、今までお待ち願ったんですから、今夜一晩ぐらい——」

「やかましい！　泣きごとならひとりでいってろ、聞きたくもねえや、バカやろう！」

男はいきりたつと、乱暴にも伊之助の胸を突き飛ばした。ヨロヨロッとうしろへよろめきながら、背中の荷を取り落として、がまんの緒が切れたのだろう、伊之助は無言で、鉄砲だまのように男のむなぐらへ飛び込んだ。

「ワーッ！」

男が顔を押えてのけぞったのは、すばやい一拳を鼻ッ柱へ食ったらしい。

「あっ、おじさん」

子どもが悲鳴をあげた。見ていたあにきといわれる向こう傷が、キラッとあいくちを抜いて飛鳥のようにつっかけたのだが、自分からサルと名のった伊之助、初めから敵はふたりと勘定に入れていたのだから抜けめはない。

「――」

ひょいとふり向きざま刃物をかわして、そのきき腕へむしゃぶりついた。

「やろう、放さねえか！」

「――！」

「あ、いててッ」

腕へかみついたらしい。向こう傷は思わずあいくちを放したが、

「――」

「畜生！　やりやがったな」

猛然と組みついて、組み合ったまま、ドスンと往来へぶっ倒れた。上になろうとして、ふたりのからだが砂ほこりをまいてころげまわる。

「ウヌ！――やろう」

向こう傷はうめくようにわめいているが、サルは決して声を出さない。

桃太郎侍は感心して見ていた。――あまりの猛烈さにお俊親子も、そば屋も、ただあえいでおろおろするばかり。

（偉いやつだなあ）

「アアッ！」

そのお俊が思わず金切り声をあげた。

一度倒された若いほうが、顔を血だらけにしてフラフラと起き上がったのだ。これがまた、あいくちを抜いて残忍な目を光らせながら、ねらい寄って行く。

「待て！」

桃太郎侍はつかつかと暗い軒下から、月あかりの往来へ出た。

「ひきょうなまねをすると許さんぞ」

「アッ」

ギクリとしりごみするやつを、にらみつけておいて、

「伊之助、上か下か?」

組み合っているふたりのほうへどなった。——返事のかわりに、ちょうど上になったサルが、向こう傷の首を両手で絞めつけながらヒョイと顔を上げる。ほおへ血が流れてさすがに目が殺気だっている。

「もうよかろう。放してやれ」

桃太郎侍はなだめるように、静かにいって笑って見せた。

「へえ」

伊之助はちょっと不服そうに相手の顔をにらんでいたが、パッと手を放して飛びのく。

「やろう!」

フラフラッと起き上がった向こう傷が、悪度のような顔をゆがめて、なおも夢中でつかみかかって行こうとするのだ。

「たわけめ!」

桃太郎侍は一喝(いっかつ)、気つけがわりにピシャリと横っつらを張り飛ばした。

「アッ！　だれだ、うぬは！」

「だれでもよい。けんかはきさまたちの負けだ。さっさと黙って帰れ！」

「なんだと！」

それでも一瞬ヒョウのような目をしたが、とうていかなわぬと見て取ったらしい。

「畜生、覚えてやがれ！」

くやしそうにわめいて、ふたりともサッと横丁へ飛びこんでしまった。

「おじさん、強いなあ」

子どもがいきなり伊之助に飛びついていく。

「仙吉、なんです。おけがのようだから、おじさんにからみついちゃいけません」

お俊はあおい顔をして子どもをたしなめたが、仙吉はギュンギュン伊之助の胸のあたりへ顔を押しつけて行きながら、突然激しくしゃくり上げた。子ども心にも身に振りかかる悲しさ、くやしさが、急にせきを切ったのであろう。

「なんだ、仙坊。泣かなくたっていいや。男は泣くもんじゃない」

伊之助はまだ肩で息を切りながら、――その子ども心がピンと胸へ来たのだ。仙吉の肩を抱くようにして目を伏せた。

「とんだご迷惑をおかけしまして」

お俊がそっと涙をふく。

「そば屋」

桃太郎侍は、まだきのどくそうに立ち去りかねていた夜たかそばの前へ寄った。

「すまぬが、この手ぬぐいに湯をかけてくれぬか」

「へえ」

「ついでに、そばを四つ頼む」

熱い湯でしぼった手ぬぐいを持って来て、

「伊之助、血をふけ」

「すみません」

「この中の丸薬をかんで傷にぬっておくがいい」

腰の印籠(いんろう)を取って差し出した。

「へえ。——おかみさん、あっしの元の主筋にあたるだんなです」

驚いているお俊に、伊之助は如才(じょさい)なくうまいことをいう。

「はじめてお目にかかります。いろいろと伊之助さんにご厄介になっている倅と申すふつつかもの」

「いや、ごあいさつは改めて、——坊や、こっちへ来ていっしょにそばを食わぬか」

桃太郎侍はじっと顔を見上げている仙吉に笑いかけた。目の大きい利口そうな子だ。

「はい」

そっと母親の顔をうかがう。

「そうのないように、ちょうだいなさい」

「おじさん、いただきます」

子どもはうれしそうに走って来た。

（武家出だな）

どこか物腰が違うとさっきから見ていたが、やっぱりそうだったのだ。なにか不運に付きまとわれている親子に違いない。桃太郎侍は伊之助の世話をお倅に任せて、そば屋の屋台へ帰ってきた。

「坊はいくつになる」

「十です。田上仙吉といいます」

のです」

「武者修行に行ってるんですって。帰ってくれば、仙吉もおじさんのように侍になるのだ。

「坊や、早くだんなのような強い侍になりなよ」

子どもは目を輝かして、うらやましそうに桃太郎侍の両刀を見るのだ。

そば屋が七輪の下をあおぎながらわらった。

「世の中にゃあんな貧乏人泣かせの毒虫が多くってかないません」

かんばしい汁のにおいが夜気にしっとりと流れて来た。

（なるほど、世の中は広い）

浅草聖天横の裏店、俗にお化け長屋というのだそうだが、伊之助のわび住まいに一夜をあかした桃太郎侍は、路地に面した三畳で朝茶をきっしながら感心していた。

伊之助がきれい好きとみえて、やもめ暮らしに似ず、ここだけはこぢんまりとかたづいているが、――なにしろ、この辺浅草の奥山という盛り場をひかえて、やし、かごかき、日雇い人足、棒手ふりなどは上の部で、すり、かっさらい、小どろぼう、どうかすると人殺し凶状まであるやつがもぐりこんでいるというのだから、ただゴミゴミとがさつで、無知で、らんぼうで、夏の暑い時でもあったら、ちょっとその悪臭にいたたまらなかったろう。

しかも、貧乏人の子だくさんというごたぶんにもれず、その子どもの多いこと。――もっとも、役にたつのは日かせぎに出ているだろうし、でっち奉公に行っているのもあるだろう、あまり大きいのは見かけない。せいぜい十歳どまり。

「変なのがすわってるよ」

さっきから何人も何人も窓をのぞいては、チョロリと消えるのだ。侍が珍しいというわけではあるまいが、きちんと服装がととのって、折りめ正しくすわっているのが、ここでは物珍しいらしい。

「――」

桃太郎侍がニッとわらって見せると、

「やあ、笑ってやがらあ」

わめいて逃げて行く。苦笑せずにはいられなかった。

子どもばかりではない。窓の筋向かいが共同井戸で、洗たくしているのや、水をくみにくるのや、なんとも行儀がいいとはいわれぬ女たちまで、

「ちょいと。伊之助さんとこへ変なのがきたね」

「ああ。あのおつに気どってすわってるんだろう？　今も話してたんだよ。おおかた、元の主人とかいうやつで、きのう途中でつかまっちまったんだろう。つかまえたほうは運がいいが、つかまった伊之さんこそ、この米の高いのに因果なもんだってね」

「ちょいといい男じゃないか」

「そいつが身のあだでね、どうせ腰元かなんかに手を出して、甘ったれているところを人に見つかってさ、不義はお家の法度（はっと）と来たんだあね。どうもそんなつらだよ」

当人は聞こえないつもりだろうが、ないしょ話などできる連中ではない。つつ抜けに聞こえて——ゲラゲラ笑っているのだ。

（大変なことになった）

桃太郎侍は驚いてしまった。が、話の様子では、伊之助はこの連中にも評判が悪くないらしい。

「だんな、驚いてますね」

食器のあと始末をすませて、伊之助が台所から上がって来た。

「少し、かってが違うようだな」

「なあに、すぐ慣れまさあ。これであの連中は口ほど腹は悪くありません。みんな貧乏にいじめられてますからね。お互い同士は仲がいいんです」

「そういうものかな。わしのことを不義者にきめてしまった」

「フフフ、男がよすぎるからでさあ」

伊之助はクスリと笑いながら一服つける。

「きさま、きょうは商売はどうする」

桃太郎侍は思ったよりがっしりとした伊之助の骨組みを見ながらきいた。

「一日休んで、様子を見ましょう」

平気でいう。相手は田原町の上州屋亀八、ばくち打ちでぜげんをかねた有名な悪玉だ。あれだけのことをされたきのうのきょう、黙ってひっこんでいるはずはない。覚悟をきめているらしい。

「それもそうだな」

桃太郎侍がうなずいた時、そっと台所の戸が開いて女の声がした。

「ああ、お俊さんか。――遠慮なくこっちへお上がんなさい」

伊之助はすわったまま台所のほうへ声をかけた。この男のどこに、ゆうべのあの闘志があるのだろうと思われるくらい人のいい顔だ。

「ごめんくださいませ」

お俊はふたりの前へ、しとやかに両手をついた。この裏長屋にはない行儀である。

「ゆうべはあぶないところをお助けいただきまして、お礼のことばもございません」

身にふりかかる不運におびえてよく眠れなかったか、あおざめた顔はしているが、――おっとりと落ち着いた年増盛り(としまざかり)のみずみずしさが、おのずとからだにおいこぼれて、なるほど、ぜげんが目をつけそうな美貌(びぼう)である。

「なあに、あっしなんかのはただがむしゃらで、礼をいわれちゃ恥ずかしいが、――ね、だんな、これからが少しめんどうじゃありませんかね」

「しかし、金さえ返せば別に文句はあるまい」

桃太郎侍は至極おうようだ。

「まあ、そういえばそんなものですがね」

借りた金は五両、しかも、この春仙吉が大病をわずらった時、針仕事先の上州屋亀八が自分のほうから、――困った時はお互いだ、つごうのいい時返せばいいからと、おためごかしに用だててくれたのだという。伊之助はあとで聞いて、その時すでに臭いと思った。はたして、このごろになって、ないのを承知で急に返せ、利子は月一両、金ができなければ、からだで立て替えてもらおうと、火のつくような催促だったという。利子が月一両などというべらぼうな話は、あとになって言いだしたのだとも、ゆうべはじめてきいた。

「ね、お俊さん、あの亀八のやつ、おまえさんをめかけにでもしたい下心があったんじゃありませんか？」

「はい」

お俊は急にあかくなった。

「そうだろうね。お俊さんはつつしみ深いから口にしない。が、あのやろう、きっと金で恩にきせて、いい寄ったのをはねつけられたんだ。その腹いせが無理な催促になった。もともと金が目当てじゃない。ひどいどろ亀やろうでさ」

伊之助がくやしそうな顔をする。

「失礼だが――」

桃太郎侍がなにげなくきいた。

「ご主人は何か修行の旅に出られたと聞いたが、その後たよりはおありかな」

「はい」

「もう長いご修行のようだが」

「――」

深い事情があるらしい。お俊は当惑したように面伏(おもぶ)せた。

「いや、別に立ち入っておうかがいしようというのではありません。――では、今までずっと針一本で、子どもを養ってこられたのですな」

「はい」

「ご苦労おさっしする。拙者も母ひとりに養われて成長しました。どうか、子どものために、おおしく世の中とたたかってあげてください」

「わたくしの、わたくしの心得ちがい――お恥ずかしゅうございます」

そっと涙をぬぐうお俊をながめて、――こういう不幸な女を平気で食い物にする、ことに子どもの母をしいたげる冷血漢、許しがたい、と桃太郎侍は思った。

「お俊さん、心配しないがいい。あっしひとりじゃ夜逃げでもしてもらうよりほかに知恵のないところだったが、ちょうどいい時だんなにめぐりあったもんだ。――まあ、親船に乗った気で安心しておいでなさい」

サルの伊之助が冗談のように本音をはく。

不意にバタバタとどぶ板を鳴らして路地へ駆けこんで来る大ぜいの子どもの足音がした。ワアッという声が、ただごとではない。

「おじさん、大変だよ。来たよ来たよ！　おっかさんをとりにきたよ」

仙吉が目をまるくして飛び込んできたのである。子ども心にもおとなたちの話を心配して、今まで路地の入り口に見張っていたのだろう。――ゾロゾロ仙吉について来た子どもたちが、

「ほんとだよ、お侍のおじさん。田原町の泥亀が子分を連れて来たんだぜ」

「女さらいの泥亀なんだ。こわいんだから、あいつは」

表にかたまって、口々にいう。おそらく、この長屋にも、その鬼にさらわれて行った娘たちが相当あるだろう。

「坊や、その棒はなんだ」

桃太郎侍は笑いながらきいた。仙吉が三尺ほどの青竹を、たいせつそうにつかんでいる。

「拾ったんだ」

「それで坊や、泥亀退治をするのか?」

「――」

仙吉は気恥ずかしそうに、そっと青竹をそこへはなした。

「仙吉、おうちへ帰っていなさい」

母親がたしなめるようにいった。

「はい」

仙吉は不安そうに、チラッとその顔を見上げたが、強い母親の目がにらんでいるので、すごすごと出て行こうとする。

「仙坊、心配しなくてもいいんだ。おとなしく家で待っておいで」

うしろから伊之助がふびんそうに声をかけてやった。

「あ、来たぞ!」

「逃げろ!」

集まっていた子どもたちが、わけもなくむらスズメのように飛び散った。

「わたくし、ここにいましてもご迷惑ではございませんでしょうか」

「かまわん。なにをいっても知らん顔をしておいでなさい」

桃太郎侍はすわったまま笑っていた。

「ここだ、親分」

「畜生、そろってやがる」

そういう声が急に表で立ち止まった。見ると、ゆうべのふたりが先に立って、うしろから四十年輩のでっぷり太った大男、いなかずもうの大関を取ったやつだそうで、唐桟の着流しに太い長脇差、仁王のような顔をうなずかせ、ヌッと中へはいって来た。

「おう、ゆうべこいつらの仕事をじゃまをしたのは、おまえたちだってな」

無作法なやつだ。いきなりあごをしゃくって、ジロジロにらみ回しながら、おうへいにわめきたてる。

「――」

桃太郎侍は黙ってその悪相をながめていた。

「やいやい、なんだって、人の顔ばかり見てやがるんだ。てめえ、口がきけねえのか」

「――」

「おれはこの浅草界隈でちっとは名を知られた上州屋亀八って男だ。てめえたちのような青二才になめられちゃ顔が立たねえ。そこにいる女にも、十一両という大金が貸してあるんだ。くやしかったら、その金をここへ耳をそろえてならべてみろ。小判で十一枚、文句があるなら、そのうえで聞こう。断わっておくが、待ってくれの、負けてくれのってえ泣きごとは、こんりんざい聞かねえよ」

ないとたかをくくって大みえを切る。

「そこに証文を持っているか」

「あるとも、見たけりゃ拝ましてやろう」

大きな皮ザイフから自慢そうに取り出したのは金五両の証文、お俊のらしいつめ印がおしてある。

「お俊さん、これに相違ないか」

「はい」

うっかり借りたこの一枚の証文のために、危うく貞操をじゅうりんされようとしているのだ。お俊はじっとうなだれた。

「ここには五両と書いてあるな」

桃太郎侍は証文を見直しながら、おだやかにきいた。

「元金が五両、利子が六両、おれの金は人のより利子が高いからね。いやなら初めから借りねえがいいのさ」

泥亀はすましたものである。

「そうか。──伊之助、わしの紙入れから金子を出してくれ」

「だんな、いうなりに払うんですか？」

伊之助は不服そうだ。

「いいから出しなさい」

「へえ」

押し入れの中から数えて取り出して来たので、桃太郎侍はあっさりとそこへ投げだした。

「小判で十一枚、別に耳はそろえんから、かってに自分で数をとれ」

「おや」

意外だったのだろう、泥亀はさんぜんと輝く小判をてばやくかき集めながら、

「なるほど、おまえさんは利口者だ。変におれなどに逆らうと、せっかくの色男が台なしになるからね」

「──」

「たしかに十一枚、十一両、——どこから拾って来たか、盗んで来たか知らねえが、もらっとくよ」

憎まれ口をたたきながら、サラサラッと皮ザイフの中へ流しこんでふところへ入れる。

「ところで、おい、ゆうべこいつらが、ちっとばかり痛い思いをしているんだ。親分とか、子分とかいわれてみりゃ、黙ってすますわけにもいかねえ。こいつらの療治代のほうはどうしてくれるね」

相手を弱いと見ての難題、亀八はずうずうしくつけ上がって来た。

「ほう、療治代が入用か」

「あたりめえじゃねえか。てめえたちにひっぱたかれて、黙ってひっこんでいたといわれちゃ、上州屋亀八の顔にかかわらあ。なんとかあいさつをしてもらおうじゃねえか。断わっとくが、おれにつむじを曲げられると、ただじゃすまねえよ」

「そうか。では、あいさつをしてやる。表のあき地へ行け」

「なんだと——?」

「断わっておくが、わしのほうは、さっきから大いにつむじが曲がっている。ただではすみそうもないから、覚悟して行けよ」

桃太郎侍はニコリとわらった。まじまじとその顔をながめた亀八、

「こん畜生、ふざけたことを！　さあ、もう承知できねえ。たたっ殺してやるから出て来い」

バカにされたと気がついて、憤然といきりたった。

「まちがっちゃいかん。たたっ殺されるのは、おまえのほうだ。ムダ口をたたかずと、さっさと表へ出なさい」

「畜生、ようし、こんちくしょう！――やい、やろうども、何をぐずぐずしてやがんだ」

泥亀ははがみをしながら、子分どもをどなりつけて、ノッシノッシと表へ出た。

「だんな、桃太郎のだんな、お刀は？」

伊之助がさすがに緊張して呼び止める。

「そんなものはいらん。おまえたちは来るな」

桃太郎侍はさっき仙吉が捨てて行った青竹を拾って、気軽に亀八のあとを追って出る。

「伊之助さん、だいじょうぶでしょうか」

お俊がオロオロと腰を浮かした。

「なあに、だんなは強いからね。やっとうのほうじゃ免許皆伝なんだ」

伊之助はきのうの天王橋の腕まえを見ている。おそらく免許皆伝なんだろうと、ひとりできめているが、それにしても、刀を持って行かないのが心配だ。弘法(こうぼう)にも筆の誤りということがある。

「とにかくおかみさん、あっしは行って見て来る」

桃太郎侍の大刀を取るなり、伊之助はたまりかねて、ぞうりをつっかけた。

とんだあばれ者がそろっているお化け長屋の連中さえ、今まで上州屋亀八には手も出なかった。わずかな言いがかりから、女房や娘をさらって行かれて泣き寝入りになっているのが相当あるらしい。

その亀八とふたりの子分を相手に、桃太郎侍が、けんかを買って出たのである。

「だいじょうぶだろうかね、たったひとりで」

「そりゃおまえさん、やっとうを知っているだろうさ。ほら、青竹を持って、笑いながらついて行くよ。やっぱり、お侍は度胸がいいね」

さっきまでのあくたいはケロリと忘れて、こうなると長屋じゅうが長屋の者の味方になるから不思議だ。

長屋を出はずれたあき地は、おおやがいつも古材木などをつんでおくところで、子どもたちのいい遊び場所になっている。

「やろうども、かまわねえから、ばらしちまえ。たかが青二才一匹、負けると承知しねえぞ」

亀八がこわい顔をした。

「へえ」

いずれは凶状持ちらしいふたりの子分ども、相手の得物が青竹一本とわかっているので気が強い。無気味な目を光らせながら、手に手にのんでいたアイクチを抜き放った。

「やろう、命はもらったぞ」

すごい顔をしてジリジリ左右からつめ寄る。

「どこからでも来い」

桃太郎侍は右手に青竹をさげて、別に身構え一つするでもなく、平気でわらって立った。しらじらと明るい秋日の中、さすがに人々はハッと息をのんで、これを殺気とでもいうか、妙にいらだたしい空気が、しーんと息苦しいまでに緊張して来る。

「どうした、小悪党。みえばかり切っておらんで、いいかげんにかかって来ぬか」

からかいながら、桃太郎侍の涼しい目が深く澄んでいる。おうようなうちにも、どこか凜(りん)と張りのあるつら魂(だましい)に圧倒されて、ふたりともちょっと、かかって行けないのだ。

「ハハハ、おまえたちのはつら構えばかりすごいな。子どもではあるまいし、にらめっこならやめろ」

「ぬかしたな、やろう!」

ひとりがたまりかねて、アイクチをかざしながら、タッと飛び込んで来た。もとより法も術もない命知らずのけんか仕込み、まるっきり胴があけっぱなしだ。

「それ、ケガ代一本!」

とっさに左足を引いた桃太郎侍の青竹が、片手なぎにあけっぱなしの胴へ風をきって、ハッシ! よけるもかわすもない。

「ワアッ」

そのまま前へつんのめって行く。すかさず残るひとりが、こやつはアイクチを両手で引きつけるように胸へ構えて、からだごと横合いからつっかけて来た。

「どっこい！」

ヒョイとふり返りざま、返す青竹が目にも止まらず、したたかそやつの肩先へ、

「ウウム」

大の男がふたりとも、青竹一本であっさり左右にぶっ倒れる。

「こんちくしょう、やりやがったな！」

じだんだふんだ亀八、いつの間に取ったか太い丸太ん棒をふりかぶって、力いっぱいビューン！　と打ち込んで来た。なるほど、すもう上がりだけに、すごい力だ。

「あれえッ」

こわごわ見ていた女たちや子どもたちのほうが、思わず悲鳴をあげる。一つ当たったら、人間のからだなど、骨がバラバラに砕けて飛ぶだろう。

「ほう、えらいものを持ち出したな」

ヒラリと飛びすさりながら、さすがの桃太郎侍もあきれて目をみはった。

「さあ、やろう、よくも亀八様をおこらしやがったな」

仁王のようなやつが、大丸太を振り回して来るのだ、これは子分たちのようにあっさりというわけにはいかない。

「亀八、自分でその丸太をしょわぬように気をつけろよ」

「何を、このやろう、動くな！」

ピューンと横になぐ。桃太郎侍は風のように飛びのいた。それを追いかけて、

「こんちくしょう、たたっ殺してくれる」

ヨイショ！　ブーンと打ちおろす。スルリとかわして背後へかけ抜け、

「こっちだ、上州屋。かわいそうに、きさま、やぶにらみだな。――泥の亀八、やぶにらみか。ハハハ」

桃太郎侍がはやしたてる。

「なにを！　ど――うだ、やろう！」

からだごと、うなりを立ててふり回してくる。縦横自在に恐るべきくそ力だが、――それを飛びのき、かけぬけ、桃太郎侍の身の軽さ、まるで弁慶をなぶっている牛若丸という図だ。

「やろう、こんちくしょう」

「そら、また違った。こっちだ、こっちだ」

小バカにされて逆上ぎみの亀八、もうむちゃくちゃだ。力いっぱいあばれまわってい

たが、人間の体力には限りがある、しだいに疲れて来て、三度に一度はふりおろす丸太が、ドスーン！　地響き立てて地面をひっぱたくようになった。フーフー肩で息を切って、滝のような汗だ。

「どうした、泥亀、だいぶ参って来たようだな」

桃太郎侍は涼しい顔をして、別に息一つ、はずませていない。

「うーん、このやろう！」

死力をつくして風車のごとく横へ払ってきたのはいいが、勢い余って自分の腰をとられ、クルクルと二、三回、ついに目がまわったか、ドスンと大きなしりもちをついた。

「さあ、やろう、かんべんできねえ」

しりもちをついて、みえを切っている。だらしのない泥亀弁慶だ。とうとう丸太をほうり出して、長脇差（ながどす）を引き抜き、ヨロヨロヨロッと立ち上がろうとするところを、

「たわけめ！」

おどり込んできき腕をピシャリッ！

「アッ」

ガラリ刀を取り落として、ごていねいにも、もう一度しりもちのつき直しだ。

「動くな！　亀八！　動くと脳天を打ちくだくぞ」

その前に立って桃太郎侍が、さっと青竹を振りかぶった。

「へえ」

思わず泥亀が首をちぢめる。見ている連中が喜んでワーッと手をたたいた。

「さあ、療治代を払ってつかわすから、もう一度ここで、さっきのタンカをきってみろ。断わっておくが、泣きごとは聞かぬぞ！」

ほんとうに打ちおろしかねまじき激しい気合いに、アッと亀八はあおくなった。

「だ、だんな、お見それいたしました。こ、このとおりあやまります、だんな」

いじもみえもなく、そこへ両手をつく。

「療治代はどうなるのだ。きさま、利が高いと自分で申したな。望みの利子をつけて払ってつかわすから、申してみろ」

「あやまります。助けておくんなさい。そのかわり、利子は、さっきの六両の利子は、返せとおっしゃればお返しいたします。ありゃ少したこうございました」

「そうか。高いと気がついたら、遠慮なくそれへ出せ」

「へえ」

亀八はしぶしぶとサイフから六両取り出して、なごり惜しそうに数えながら手渡ししようとする。

「バカ、一度けがれた金を、武士が手にうけられるか。そこへ置け」

「へえ」

六枚の小判を、泥亀はいわれるままに地面へならべた。

その日ぐらしの多いこの貧乏長屋に、小判の色は珍しい。しかも六枚、地面に並んで燦（さん）と輝いたから、見物のかみさんれんは思わず目をまるくした。

「伊之助——！」

桃太郎侍はふり返りながら呼んだ。さっきから桃太郎侍の大刀を腰に差して、へっぴり腰をしながら感に堪えて見ていた伊之助が、

「へえ、お刀ですか、だんな」

飛び出して来て、急いでささげるように差し出す。

「持ってきたのか」

桃太郎侍は苦笑しながら受け取って、

「この小判、上州屋亀八が長屋じゅうを騒がしたわびに、ほんのあいさつがわりだとい

うことだ。モチでも買って、みんなにくばれ」

「あの、これをみんなでござんすか?」

伊之助があきれる。大工の手間が一日三匁（三銭五厘）で月に一両あれば一家五人を養って寝酒がのめるご時世だ。長屋じゅうといっても五十軒足らず、一両一石と見て六両で六石、あいさつがわりに一軒当たり一斗二升のモチは、少しおおげさすぎる。

「かまわん。上州屋の罪ほろぼし、このとおり両手をついてあやまっているのだから、おまえ亀八にかわって、あいさつしてやれ」

「へえ」

伊之助もめんくらったが、亀八もすわったまま、どんぐりまなこをパチクリやっている。

「ようござんす。一つやらかしましょう」

そこはしゃれっけのあるサルの伊之助、度胸がきまると、エヘンと一つせきばらいをして、

「ええ、お集まりのお長屋の衆、これなる上州屋亀八にかわりまして、てまえ口不調法ながら、ちょっとごあいさつを申し上げます。亀八儀、今日まで、ずいぶんとあくどい

まねをつかまつりまして、お長屋様じゅうを泣かしたこともござりまするが、このたび、これなる桃太郎侍のだんなのご意見が身にしみまして、今後は心を入れかえ、必ず世間様へ善根を施すように心がけます。どうぞ、これまでのことは水に流して、以後はごしんせきづきあいが願いたく、つきましては、ごあいさつがわりに、モチ少々おくばりつかまつります。まずは口上かくのとおり、すみからすみまでズラリッとお許し願いたてまつる」

うやうやしく一つおじぎをした。

「よう、呉服屋ア！」

「伊之助屋ア！——モチをごまかすと、きかないようッ」

ワアッという騒ぎだ。

「わかったか、亀八」

桃太郎侍は、わらいながら上州屋を見おろした。

「へえ」

「わかったら、子分をつれて、さっさと帰れ」

「へえ」

上州屋亀八の器量の悪いこと、未練らしく地面の小判をながめていたが、フラフラッと立ち上がって歩きだした。が、よっぽどくやしかったらしい、路地口でヒョイと仁王づらをふり返って、

「おぼえてろ、青二才！」

せめてもの捨てぜりふ、ノソノソとかけだした。太っているから、思うようには走れないのだ。

「なにいってやがんだい、泥んこ亀」

「お化け長屋にゃ桃太郎だんながついてるぞ」

モチに浮かれたかみさんたちが、口々に浴びせかける。いや、そのにぎやかなこと！

——桃太郎侍が苦笑しながら引き揚げようとすると、

「お侍のおじさん」

家で留守番をしていたはずの仙吉が、目を輝かしてかけよってきた。

「なんだ坊や、見ていたのか。さあ、帰ろう」

手をひいて家へはいると、

「かさねがさねご迷惑をかけまして」

お俊が両手をつくなり、うれしさ、ありがたさ、女心の胸が迫って、思わずすすり上げた。

いろは草紙

一躍桃太郎侍はお化け長屋の英雄になった。いや、お化け長屋ばかりでなく、もてあまし者の上州屋亀八をおもちゃにした痛快さと、モチの山を長屋じゅうへくばった風変わりな話は、だれにもまねのできないことだけに、聞くほどの人をすっかりうれしがらせて、たちまち浅草じゅうへひろまってしまったのである。

それがまたお化け長屋の連中の自慢の種となって——うちの親分、うちのだんな、うちの大将と、呼びかたはさまざまだが、人に話す時は必ず、うちの、と頭へつけることを忘れない。

そこまではよかったが、なんといっても貧乏長屋のこと、

「だんな、いいにくいんだが、ガキが急病なんで、助けておくんなさい」

「親分、かかあのやつがあわてやがってね、ひと月早く生んじまったんだ。こんどだけ

一つ」

せっぱつまったのが、なんのかのとかけ込んでくる。五十軒からある長屋だ。借りにくるほうは今度だけだろうが、貸すほうになると、のべつ幕なしということになる。金高はわずかだが、なかには借りたっきり返すのを忘れてしまうひどいやつがあったりして、たちまち、だんなの金が減りはじめた。

「こりゃいけねえ。だんな、あんまりいい顔ばかりしていると、いまに裸にされちまいますぜ」

財布を預かっている伊之助が心配しだした。

が、桃太郎侍はおうようなものである。

「なあに、裸になってしまえば借りにこないだろう。つまらん心配はするな」

これでは手がつけられない。

（まるでお大名なんだからな、おれが働くよりしようがねえや）

モチ配りやなにかで四、五日遊んでしまった伊之助は、その日からまた、かつぎ呉服にでることにした。

「お俊さん、時分どきだけ頼みます。だんなは台所を知らないんだから」

「いってらっしゃいまし。あとはわたくしが何でもご用に立ちますから」

頼んでおいて長屋をでた伊之助は、表通りまできてハッとした。向こうから代地の踊りの師匠坂東小鈴が、どこへ行っても人目につくあですがた、往来の目を奪いながら小ぶろしきをかかえて来かかるのである。

（いけねえ、とうとうかぎつけやがった）

思わず立ち止まると、向こうでもこっちを見つけたらしい。

「あのう――」

いかにもなにげなさそうに、ニッコリ立ち止まって、

「ちょいとお伺いいたしますが、このご近所にお針のじょうずなかたで、お俊さんとかいうお内儀さんをご存じないでしょうか」

ずうずうしいやつだ、ちゃんと知っているくせに、そらっとぼけたことを聞く。

「さあ」

しゃくだから伊之助も、わざと小首をかしげて見せた。

「ご存じありません？　なんでも、かつぎ呉服の伊之助さんとかいう人のお隣だと聞いてきたのですけれど」

かってにしやがれ――！

「知りませんねえ」

伊之助はさっさと歩きだした。だが、こうなるともう商売どころではない。早く裏路地から引っ返して、桃太郎のだんなを連れだすか、そばへついていてじゃまをしてやるか、どうも女はお傻が目当てではなく、桃太郎侍をくどきに来たんだから、油断はできない。

そのつもりで、急いで別の横丁へ曲がろうとすると、

「もしもし」

ふいに小鈴が呼び止めるのだ。

「あなた、何か落ちています」

（畜生――！）

ふり返って伊之助は、ムカッときた。――サイフを落としていたのである。いや、どう考えても落とすはずはない。いつの間にか、小鈴がいたずらをしていたに違いないのだ。

「――」

しゃくにさわるから、黙って拾って行こうとすると、

「あら、せっかく教えてあげたのに、黙って随徳寺――？」

小鈴がからかうようにいう。

「おいら、少し忙しいんでね」

伊之助はにらみつけた。

「ホホホ、だれだってしゃくにさわるでしょ？　だから、あんまり人の家へなんか黙って忍び込んでいただきたくないのさ」

さては、あの晩、忍び込んで立ち聞きをしていたことがわかったとみえる。そのかたき討ちだったのだ。

「チェッ、人聞きの悪いことをいうねえ」

「あたしこそ、人聞かれの悪いところをさんざん聞かれちまって――あとで顔から火がでたじゃありませんか。おサルさんにゃかなわない」

あだ名まで知ってやがる。伊之助は驚かざるをえなかった。

「伊之さん、そんなこわい顔しないで、いいかげんに仲直りしない？」

「――」

「うちの人が厄介になっているんだもの、あたしはかたき同士みたいに、にらみっこしていたくないのさ」

「うちの人ってのは、だれのことでえ」

「桃さんのことよ。知ってるくせにいやな人ね」

にらんでポッとあかくなった。――いけねえ、いけねえ、この色っぽさで詰め寄られたら、いくら親分が堅人でも、しまいにゃくどきおとされてしまうと、伊之助はぞっとした。

「だけど、たいへんな評判ね。浅草の桃太郎侍が鬼退治をして、モチをまいたって、両国のほうまでそのうわさ、あたしゃ少し心配になってきた」

「大きなお世話だよ」

「そうはいきません。あんまり強いと人にねらわれる。それに、男はいいし、妙なうわきのムシにでもつかれると困ります」

「フフフ、もうそのムシがたかってきやがって、大困りなんだ」

「本当、伊之さん。どこのだれさ」

「大きな声を出すねえ、往来の人がふり返って行くじゃねえか」

そのとおりなのである。あだっぽい女との立ち話、みんなふり返って行くのだ。

「だって、心配なんだもの。どこの小娘？　それとも商売女？」

「代地の坂東小鈴とかいうしたたかな姐御ムシだそうだ」

「よしておくれ。こう見えても、あたしはちゃんと約束をかわした女房ですよ」

「お断わりだ。伊之の目の黒いうちは、肩書きのある女なんかには、だんなは渡せねえ。うちの人だなんて、あんまりこころやすだてに呼んでもらいたくないね」

伊之助はいじわるくせせら笑った。

「肩書きがあって悪うござんしたね。おまえさんがそういう気持ちなら、もう頼まない。サイフを落とさないように気をつけておかせぎ」

プッと小鈴はふくれて、――そのおこった顔がまたうわき男ならわざとおこらして喜ぶだろうと思われるほど、なまめかしいのである。この女は悪魔だと、伊之助はあきれた。

「おや、おまえさん、ついてくるつもり？」

ついて行かざるをえない。伊之助は黙って女のあとから歩いた。

「どこまでもじゃまをする気だね、やきもちザルめ、犬に食われちまえ！」

小鈴は悪口をついて、さっさとお化け長屋のほうへ横丁を曲がった。やっぱり、ちゃんと知っているのだ。

長屋の路地へはいって、伊之助はアッと目をみはった。例のあき地まで来た時、

「いろはにほへと、ちりぬるをわか……」

大ぜいの子どもたちのいっしょに歌うような声が耳を驚かしたが、それが自分の家からなのである。

子どもたちが窓いっぱいにたかって歌っているのだ。いや、窓ばかりではない、家の中にもはいりきれないほどつまって、いずれを見ても山家育ちといいたいガキどもが、顔を輝かして熱心にいろはにほへとと、暗唱している。

窓ぎわに、路地を背にした桃太郎侍が端然とすわっている。子どもたちがやっぱり将棋のコマのように胸を張ってかしこまって、みんな一様に先生の顔を見ているのだ。

井戸ばたで洗たくをしている娘さんたちが、きょうは自分のおしゃべりを忘れがちに、耳を傾けながら、楽しそうな顔をしていた。

（なあるほど――）

伊之助は胸を打たれてしまった。自分がかよった寺小屋、その遠い昔をなつかしく思

い出すと同時に、それを始めてくれた桃太郎侍の心がうれしかったのである。

（わしは世の中の弱い者、貧しい者の味方になって鬼退治をする）

その気持ちにほれたから文句なく子分になったのだが、ここまでは気がつかなかった。

子どもたちに、いろはを仕込み、行儀を教える、どんなにそれが貧しい子どもたちの幸福になることか、――それをやってくれようとする桃太郎侍の心が尊くありがたい。親分はただ強いばかりじゃなかった。

（やっぱり、おれたちとは違うな。見ろ、あの子どもたちのうれしそうな顔を、聞いてくれ、あのいきいきとした張りのある声を！　きょうまでこの腐ったように暗いお化け長屋に、こんなはつらつとして美しい空気のただよった日が、一日だってあったか）

伊之助はじっと立ちつくした。目がしらが熱くなって来た。

「――」

ひょいとふり返って、小鈴がしんみりとわらった。これも唖然（あぜん）としてながめていたのだ。

（ざまあ見やがれ！　これじゃいくら化かそうたって、そばへも寄れねえだろう。だん

なは神様なんだ）

それにしても、親分がこんな女に迷わされはすまいかと心配したのは、けちな了見の自分たちの思い過ごし。おれは働かなくちゃいけねえ。うんと働いて、この親分に安心して世の中のために尽くしてもらわなけりゃならねえ、——伊之助はそう思った。

小鈴は黙って、隣の家へはいって行く。

「ごめんなさい。お針のお俊さんのお宅ですね」

「はい」

お俊が針をおいて、この見知らぬあだっぽい女を不思議そうに見あげた。気のせいか、あれ以来顔色もさえて、これは寂しい女だが、また捨てがたい美貌である。

「あたし、お隣の伊之助さんに聞いて、仕事をお願いにあがったんですけど——」

それとなくじっとお俊をみつめながら、——小鈴はやっぱり心配になるらしい。それより、伊之助さんに聞いてと、平気で切り出した度胸のよさに、立っていた伊之助はあきれた。

「まあ、ようこそ。きたのうございますが、どうぞお上がりくださいまして」

何も知らぬお俊はいそいそと縫いかけの仕事を押しやって立ち上がった。

「あ、お俊さん」

伊之助が急いで叫んだ。

「はい」

「大将はたいへんなことを始めたね」

あごでさす隣のにわか寺小屋は、急に子どもの暗唱がピタリとやんで、涼しい桃太郎侍の声が聞こえてきた。

「いろはは四十八文字ある。昔、弘法大師という偉い坊さんが作ってくれたものだ」

凛として教えている桃太郎侍の声に聞き入りながら、

「あの、おじさんがお出かけになると、すぐ始まりましたの」

お俊がうれしそうに答えた。

「はじめ、家の仙吉に素読を教えてくださるとおっしゃって――子のたまわく、学んで時にこれを習う、またよろこばしからずやと始めますと、お子さんたちがいっぱい窓の下へ集まってまいりまして、お侍のおじさん、おいらにも教えてくれよと」

それではみんな上がれ、おまえたちにはいろはから教えてやると、始まったのだという。

「家へはいれない子が、あんなに窓の下まで立って――」

話しながらお俊はニッコリした。目に涙さえためている。

「せまいねえ、あれじゃ。机だって買わなけりゃいけないし」

伊之助はひとりでうなずいた。もう小鈴など問題でないのである。

その小鈴はずうずうしく上がりこんで、出された座ブトンに澄ましてすわっていた。

が、耳は隣の桃太郎侍の声をじっと聞いている。

「なんでしたら、わたくしのほうも使っていただいていいのですけれど」

「そうだ。お俊さんだって、学んで楽しからずやを知ってるくらいなんだから、いっそお針なんかやめちまって、だんなのてつだいをしたほうがいい」

「まあ、わたくしなど――」

お俊はあかくなった。

「とにかく、あっしはかせがなくちゃ」

チラッとうらやましそうな顔をする小鈴を見て、伊之助は得意だった。

「行っていらっしゃいませ」

「頼みます」

伊之助は軽い足取りで出て行く。

「――みんなは、だれだって偉い人になりたいだろう。道で人に出会ったら、向こうから今日はと丁寧に頭を下げてもらいたいだろう。あいつは物知らずだといわれるより、あの人は偉い人だといわれたいだろう。そういうりっぱな人になりたいと思ったら、どうしても字を知っておかなければならない」

桃太郎侍のじゅんじゅんといって聞かせている声がする。

その声を楽しんでいるように、お俊は豊かに両手をついた。

「失礼いたしました」

「いいえ、あたしこそ突然おじゃまして――」

小鈴は油断なく、お俊のどこかにもう男のにおいがするのではあるまいかと、鋭敏に探っている。

「あたし、あの、ついでといっちゃ悪いんですけど、実はぜひ桃さんの耳へ入れたいことがあって来ましたの」

お俊はハッと顔を上げた。こころやすげに桃さんなどと呼ぶ女、不思議だったに違いない。

「代地の小鈴だっていえば、桃さんよく知っているんです。まさか、大ぜい子どもさんたちのいるところへもはいって行けないし、――すみませんけど、あなたからちょっと耳に入れていただけないかしら」

小鈴は勝ち誇っていた。少なくとも、この女には負けまいと自信がついたのだ。

「はあ、なんと申し上げればいいのでしょう」

「ほんのしばらく、お顔が貸していただきたいって――すみませんわね」

「かしこまりました」

お俊はすなおである。桃太郎侍のたいせつな客と見て、すぐに出て行った。が、まもなく当惑したような顔をして、帰って来たのである。

小鈴にはその様子で、もう聞かなくても返事がわかってしまった。

「あの、申し上げたのでございますが、子どもを教えている間は、どなたにもお目にかからぬと申しまして」

お俊はきのどくそうにいった。

「それ、いつごろすむんでしょうね。あたし、どうしてもきょうお目にかからなければならないことがあるんだけれど」

「さあ」

実はけいこ中のじゃまをして、不快な顔をされて来たお俊なのだ。おのれのはしたなさが恥じられて、それどころではない。

「たぶん、お昼ごろには終わると存じますが、なんでしたら、ここでお待ちなさいましては」

「そうね」

勝気な小鈴は、おもしろくなかった。が、その自分の自由にならぬ男が、くやしいけれど忘れられないのだ。

「じゃ、こうしてください。あたしお昼からカゴを迎えによこしますから、ぜひ来てくれるようにって、――お願いしますわ」

「おことづけだけは、たしかにそう申し上げます」

小鈴はふろしき包みの中から武家好みの渋い着物を出して、なるべく急いで仕立ててくれるようにと頼んで、お俊の家をでた。

「無理でしょうけれど、くれぐれもお願いしますよ」

かど口へ出てから、わざと聞こえよがしにいったのは、窓から見える桃太郎侍が、もしやこっちを向いてくれはすまいかと思ったからである。が、端然とすわって子どもたちに忠孝の道を説き聞かしている桃太郎侍は、身動き一つしなかった。

(まあ、憎らしい！)

その凜とした男の横顔をにらんで――というより、見ほれていたのかもしれない。井戸ばたで洗たくをしていたかみさんたちの中から、きかないのが、

「へん、いやにきどりやがって、ご覧よ、よだれがたれそうな顔をしてるじゃないか」

とげのあるヤジを飛ばした。さすがの小鈴がポッとあかくなりながら小走りに、――すそから燃えるような緋がこぼれる。

「うちの先生を張りに来たのかしら。そういうけど、いい女だね」

ひとりがうしろ姿を見送りながらいった。

「なあに、着物で引き立つのさ、どうせあんなのは、うわきっぽいあばずれにきまってるんだよ」

きかないのが承知しない。

「だけど、うちの先生は偉いね。ああしてすわったまんま、さっきから横目一つ使わないんだから」

「おや、じゃ、おまえさんは、さっきから先生の顔ばかし見とれていたんだね。うわき者め、亭主にいいつけてやるから」

ゲラゲラとみんなで笑う。

にわか寺小屋のすんだのは、お昼少し前であった。

「いろはにほへと、いろはにほへと、——ご飯にしておくれよう」

歌いながら家へ駆けこんで行く子どもがある。

「おっかあ、あしたからお侍のおじさんが、字を書くのを教えてくれるってさ」

どなりながら飛び込んで、

「バカヤロウ、お侍のおじさんなんていうんじゃない。あしたから先生様というんだ」

母親から妙なたしなめられ方をしている子がある。子も親も、みんなうれしそうだ。

(わしのいうことが、どれだけわかったか知らぬが——)

その子どもたちを見送って、桃太郎侍は心からほほえんだ。こういう子たちを教え導いてこそ、世の中が明るくなるのだと、楽しかったのである。自分の生きがいをはっきりと見いだしたのである。

「だんなさま——」

呼ばれてふとふり返ると、子どもたちが砂だらけにしていったザラザラな畳へ——台所口から上がってきたのだろう、お俊がピタリと両手をついて、あおい顔をしている。

「どうした、お俊さん」

桃太郎侍は思わず目をみはる。

「先ほどは、おけいこ中を心づかぬことをいたしまして、おわびの申し上げようもございません」

罪を待つように、畳へひたいをおしつける。

「ああ、つい夢中になっていたので、にらみつけたようだが——わしこそ失礼した。どうぞ、手をあげてください」

もう、少しもこだわっていないのである。

「わしも急に千松になった。オムスビでもくださらんか」

「まあ。——ただいますぐ、お膳のしたくをいたしますから」

ほっとしたようにお俊がわらった。

「千松といえば、仙坊もおなかがすいたろう。ついでにこっちへ呼んでください」

「いいえ、あれはあちらで、したくしてやりますから」

「そりゃいかん。おとなが先に食うのはわがままだ。じゃ、拙者もそちらへまいろう」

「——？」

お俊がちょっとためらうような色を見せる。若後家同様の身、さすがに世間の口が気になるらしい。

（なるほど李下（りか）のかんむりかな。——仙坊！　仙坊！）

桃太郎侍は、ほんのりとあかくなるお俊から目をそむけて、隣へ呼んだ。

「なあに、先生」

「いっしょにオムスビを食うからこい」

「はい」

バタバタッと駆けだす子どもの足音がする。

「だんなさま。あの、先ほどのおかたが、おひるからカゴをお迎えによこす。ぜひ、きょうお話しせねばならぬことがあるように、申し置いてまいりましたが？」

顔色をうかがうように、お俊がいった。

「捨てておいてください。拙者は、飯がすんだら、仙坊をつれてちょっと運動にでる。早くオムスビをくださらんか。——な、仙坊」

「うれしいな。おっかさん、早くオムスビ」

仙吉はもうちゃんと桃太郎侍とならんですわっていた。

「ほんとうに、オムスビでよろしいのでございますか」

お俊はいそいそと台所へ立った。こうしてわが子に結ばれて来る桃太郎侍が、女心のやっぱり妙に気恥ずかしい。

食後、桃太郎侍は仙吉をつれて、ブラリとお化け長屋を出た。小春びよりといいたいよく晴れた日である。二、三日閉じこもっていたので、若いからだに、外気はやはりすがすがしかった。

竹屋の渡しを渡って向島へ上る。急にいなかめいて、このあたりの秋は人通りもまれに、実ったイネがサヤサヤと風に鳴っていた。

「仙坊、けさの素読を覚えているか」

桃太郎侍は、うれしそうに飛びはねながらついて来る仙吉に、声をかけた。

「覚えてるよ」

「いってみろ」

「ええと、学んで時に習う、よろこばしからずや――」

「違う」

「学んで時に習う」

「違うぞ。仙坊は侍の子ではないか。ほかの町人の子どもとは違う。もっとよく覚えていなければいかんな」

「はい」

仙吉は顔をまっかにした。

「学んで時にこれを習う、またよろこばしからずやだ。大きな声でいってみろ」

胸を張って暗唱する。

「もう一度」

歩きながら二度も、三度も——子どもの透る声は森にこだまして、やがて、長命寺の境内へはいった。

「アッ！」

桃太郎侍は思わず目をみはったのである。

長命寺の境内に名高いサクラモチ、その床几に若党ひとり腰元ふたりを従えて武家方の娘が休んでいたが、

「学んで時にこれを習う……」

無邪気な仙吉の暗唱を聞いて、なにげなくこっちをふり返るなり、ハッと立ち上がったのだ。

家柄と見えて、ちりめんの振りそでで、錦の帯、十八、九でもあろうか、濡潤と端麗な目鼻立ち、雪なす白さに薄桜の紅をほんのりうつしたかと、におうばかりの高雅な美しさ。――その鈴を張った目が、まじまじと不思議そうに桃太郎侍をみつめているが、すぐにぶしつけを恥じるように、

「――」

丁重に会釈して、あかくなりながらうなだれた。

（妙な娘）

桃太郎侍は会釈を返して行き過ぎながら、おのずと備わるその高雅な気品に、強く心をひかれているのである。

（あんな美しい娘が、この世にいるとは――）

妙に寂しい気さえした。その感傷を、バカな！　打ち消しても、まぶたに映像が焼きついて、われながら苦笑せざるをえない。

「おじさん、おれ剣術も教えてもらいたいなあ」

暗唱にあいて、仙吉がいった。

「うむ、いまに教えてやる」

「学問を覚えて、剣術が強くなれば、りっぱなお侍になれるねえ」

「なれるとも。――しかし、仙坊はなんのためにりっぱな武士になりたいのだ」

「それはね、あの――」

ちらっと顔を見上げていいしぶる。

「いえないのか？」

「ううん」

「なら、いってみろ。男の子ははっきりと物をいうものだ」

「おれ、おれ、偉くなったら、おっかさんが喜ぶだろう、ねえ、おじさん」

仙吉ははにかむように目を輝かした。

「そうか」

桃太郎侍の胸に、ふっと少年時代のおのれの姿がほうふつとして浮かびあがる。乳母(うば)千代を実母と思い込んでいた自分は、やっぱり母のために早く偉くなりたかった。父のいない母が、子ども心にどんなに哀れに思えたか?

「仙吉、その心がけを忘れるなよ」

桃太郎は小さな手を強く握ってやった。

「その心がけを忘れずに、いっしょうけんめいに勉強すれば、きっとりっぱな武士になれる」

「うん、おれ、いっしょうけんめいおじさんに学問を習って、剣術を教えてもらうんだ」

「よし、教えてやるぞ」

いつの間にか、娘の映像が消えていた。——おれにはたくさんの弟子(でし)がある。ほっておけばどんな人間になるかわからない貧しい子どもたち、親たちからさえ無関心にすてられがちな哀れな子どもたち、その弟子たちを育ててやるために、おれは一生をささげてやらなければならないのだ。

(学んで時にこれを習う、またよろこばしからずや)

たのもしい弟子の暗唱が、いきいきとはじまる。

向島堤を引き返して、やがて竹屋の渡しに近づいた。

「ああ、カゴやさん、ちょっと待って！」

うしろから追い越したカゴの中から、かん高い声がしてサッとたれが上がった。

「桃さん！」

小鈴である。妖精のような目がキラキラと燃えて、

「ひどい人ねえ。あたしがあれほど念を押していいおいて、せっかく迎えにやったのに、——からカゴで返すなんて、あんまりじゃありませんか！」

恨みがましくひしと見上げて来る。

食いついたら放さない小鈴の執念、結局桃太郎侍は負けて、仙吉を女の乗っていたカゴで帰し、ほど近くの大七という料理屋の離れに連れこまれてしまった。

窓障子いっぱいにひざしの明るい秋のひるさがり、閑静な離れを囲む疎林に、時々ヤブウグイスのそぼくな声がする。

「はい、お一つ——」

女中が酒さかなを運んで去ると、小鈴は器用に杯洗の水を切って杯を差した。身近にほれた男を引きつけて、うれしそうである。

「だいじょうぶかな」

「何が？」

「おまえは時々、器用な手品を使うという話だが」

桃太郎侍は杯を受けてわらった。

「憎らしい！」

いざり寄って、いきなり白い手が男のひざをつねる。

「たわけめ、痛い」

「さ、も一度おっしゃい。こんどは食いついてやるから」

「いや、一服盛りさえしなければいいのだ。もっとも、きょうは盛られるほど持っておらんが」

「おサルさんがしゃべったんでしょ。よござんす。そんなことというんなら、ほんとうに盛って、家へ連れてっちまうから」

「番犬ほどの役にもたつまいよ」

「どういたしまして。ちゃんと長火バチの向こうにすわらして、あげぜんすえぜん、横のものを縦にもさせやしません」

「ついでに首輪をはめて、クサリでつないで、おあずけ、おまわりちんちんを仕込む」

「桃さん、どうしてそう口が悪くなったの。だから、おサルさんなんかに預けちゃおけない」

「あの男がサル——おまえの肩書きは？」

「知りません」

小鈴はつんと横を向いたが、

「ね、それはもう昔のこと、今はすっかり改心して、代地の踊りの師匠坂東小鈴なんですから、そういじめないでくださいよ」

急に小娘のようにしょげてしまった。

「べつにいじめはせんが、では、このあいだの品川のことは、ほんとうにおまえではなかったのか？」

桃太郎侍の澄んだ目が、ちらっと、まじめに光る。

「品川？」

「百姓女に化けたいれずみの小細工」

「ああ。実はそのことで、あたし、ぜひ桃さんに会いたかったんです。すっかり白状しますから——一つお杯をちょうだい」

「――」

このあいだの夜で慣れているから、桃太郎侍酌をしてやるのを忘れなかった。

「桃さん、あんた仕官をして出世する気ない？」

「やぶからぼうに、妙なことをいいだしたな」

「だって、浪人していつまでもお化け長屋なんかにゴロゴロしているより、槍一筋のお侍になったほうがいいじゃありませんか。しかも、あなたのお好きな鬼退治ができて、その腕の働き一つで、どんな出世でもできるんです」

「鬼退治！」

「ええ。大名の名はちょっとだせませんけど、さる西国の大藩で、今たいへんな事件が持ち上がっているのです」

「待て。そこのふすま障子をあけろ」

桃太郎侍が制した。

「どうして？」

「人に聞かれては悪そうな話だ。念のため、あけ放しておけ」

「そうね。このあいだの晩みたいに、とんだぬれ場を立ち聞きされて、いくらあたしでも、顔から火がでちまった」

小鈴は立って縁の障子、次の間のふすま、窓障子をいっぱいにあけ放す。パッと小鳥が木の枝を飛び立った。

こうあけひろげては、小鈴もさすがにベタベタと男のそばへくっつくわけにもいかぬ。きちんと行儀よく前へすわり直って、

「ね、人が見たら、ご夫婦でハギ見に来ていると見えるかしら」

ニッと女がなまめかしい目をする。庭にハギがきれいに咲いているのだ。

「それとも、桃さんはどう見てもお旗本のような気品があるから、ちょいと御前様御愛妾をつれてのおしのび、——ホホホ、しゃれてること」

「そうは見えまい。御愛妾お鈴の方、実は毒婦のお鈴が、若侍に悪知恵をつける図」

「またそんな憎い口を——」

つと柔らかいからだをくねらせて、すり寄ろうとするので、

「これ、はしたないまねをするな。外から見通しだぞ」

桃太郎侍はからかいながら、たしなめた。

「憎らしい。あとでどっさり、いじめてあげるから、覚えてらっしゃい」

「とにかく、その大事件というのを聞こう」

「悪いやつは江戸家老神島伊織（かみしまいおり）というやつです。お殿様を毒殺して、江戸のバカ若殿をご家督にしよう。そのバカ様には自分の娘でなんとかいう、たいへん美人なんだそうですが、それを押しつけてお家をかき回そうとしているんですって」

「ほう。で、その殿様はもう、毒殺されたのか？」

さすがに桃太郎侍はまゆをひそめた。

「ところが、お国もとに鷲塚主膳（わしづかしゅぜん）とおっしゃる忠義なご家老があって、このかたが江戸の悪だくみを見抜いたもんですから、お殿様をお国もとへご病気といってお止めし、自分の腹心の伊賀半九郎というかたを江戸へそっとよこして、悪家老の様子を探らせているのです。少し訳があって、あたしはその伊賀さんと知り合いなんです」

「どんな知り合いなのだ」

「おや、桃さんやいたの？」

「多少気になるな」

「まあ、うれしい――いいえ、そんな仲じゃない、ほんの顔見知りというだけ。これでもあたしは、まだ身も心もきれいなのよ。今まで男なんか男とも思っていなかった。それが、くやしいけれど、桃さんだけは一目で、——自分でも変だと思うんだけど」

　小鈴がわれにもなくあかくなる。

「光栄のいたりだな」

「また、そんな口をきく」

「で、その変でない顔見知りの伊賀さんが、どうしたのだ」

「いやッ！　そんなこというんなら話さない」

「そうか。話したくなければ、別に聞かんでもいい。拙者には何の関係もない対岸の火事だ」

　桃太郎侍はすまして杯を置いた。冷静そのもののような凛と落ち着いた顔。

「薄情者！　人がせっかく、仕官の口をさがしてきてやったのに。——あんたという人は、どんな心を持って生まれてきたんだろう」

「こりゃ拙者が悪かった。人の好意を無にしては人倫にはずれる。あやまる。きげんを直してくれ。さ、一献。——仲直りだ」

「もうかなわない。どうしてそう急にじょうずになったのかしら」

「まあいい。——で、伊賀さんの話？」

「それがね、伊賀さんが江戸屋敷の様子をさぐってみると、江戸の家来はたいていその悪家老の味方なんですって。だから、どうしても早くその神島伊織を倒さなくてはならない。それには証拠がいる。お家のためだから、たって頼まれて、国もとから江戸の伊織に送られた密書をあたしが手に入れる役にまわったんです」

「ほう、それがあの品川の百姓女か」

「そうなんです」

小鈴はそっとあたりを見まわして、むっちりとつやっぽいひざを進めた。

「その密書というのはあったのか」

桃太郎侍はじっと見すかすような目を小鈴に向けた。

「ありました。その手紙には、国もとの陰謀――向こうは向こうで、こっちが陰謀をたくらんでいるように理屈をつけているんですね。国もとの陰謀を捨てておいてはますます大事にいたるから、この際、父君ご病気お見舞いと称して公儀の許しをうけ、至急若殿にご入国を願い、一挙に悪人を始末するよう。ただ、敵の虚をつくには、くれぐれも、不意のご出立が肝要、そんなことが書いてあるんです」

「ほう。すると、双方でお互いに悪人呼ばわりをしているのだな」

「そうなんです。けれど、お殿様ご病気というのは、たしかに伊織が国もとへ手をまわして、毒を盛らせた形跡があるので、若殿はとにかく、伊織の一味だけは国へ入れられない。そのほうは伊賀さんたちがこっちで働くから、あたしに国もとの老女になって、このうえ陰謀の手が奥へ届かぬよう、お殿様のお身のまわりを見張ってもらいたい、というんです」

「つまり、お鈴の局になるわけだな」

「まあね」

小鈴はちょっとくすぐったそうな顔をした。

「あたし、そんな堅っ苦しいのいやだって断わったんですけれど、ほかの女じゃ気がきかないから心もとないっていうんです。ぜひと頼まれるんで、じゃ、あたしの好きな人を連れてってもいいか、それはどんな人間だ、腕の立つりっぱな浪人さんですというと、よかろう、悪人退治にはいくらでも人手がいるんだから、国もとの鷲塚様に手紙をつけてやろうっていうところまで、きのう話がついたんです」

「では、お鈴の局の付人として行くのか」

桃太郎侍はわらった。

「そうしてくれれば、あたしだって心じょうぶだし、いまに腕次第で、ご指南にだって、何にだって出世ができるんですもの。ね、いっしょにいってくださいな」

「そのゆく先はどこなのだ」

「それはいえません。桃さんがちゃんとあたしの桃さんになってくれて、切っても切れない約束ができたうえでなくちゃ」

「信用ができんというわけだな」

「いいえ、あたしはかまわない。どうせ男は桃さんひとりときめているんだから、斬られようと突かれようと御意のままだけど——このことに関係しているたくさんの人の、命にかかわる話なんだもの、それだけはもう少し勘弁してください」

「よし、わかった。一仕事しようというからには、だれにもそのくらいの覚悟はあるだろう。感心感心、さすがはお鈴の局だ」

「いやな人、上げたり下げたり」

「せっかくのご好意、考えておこう。拙者にとっても、これは一身上の大問題だ」

「考えておくって、いつご返事がいただけるの？」

「二、三日待ってくれ、かわいい弟子たちのことも考えてやらんければならん」

「じゃ、三日ときめてください。話がきまれば、一度伊賀さんにも、会ってもらわなければならないし」

「祝言の杯もしなければならんし」

どこか茶化しているような語気に、小鈴はじっと男の顔をみつめて、

「心配だわ、その三日が」

思わずつぶやいてしまった。

桃太郎侍はおだやかにわらっている。事実、三日と改めて日など限らなくとも、覚悟ははじめからきまっているのだ。金や力などで心を動かす男ではない。

「もう話はすんだから、障子をしめてもいいでしょう」

しめてもう一度男を手管にかけるつもりか、小鈴はこびるような目をあげた。

カゴで帰る小鈴と、大七の門前で別れて、桃太郎侍はわざと裏手の寺島のたんぼ道を取った。酒に酔ったより、女の濃艶な執念にさんざん悩まされた頭を冷やしたかったのである。

すでに夕暮れて、秋風がひえびえと稲田を鳴らしていた。

(一つ運命がまちがえば、今ごろ自分も大名にされて、あるいは毒を盛るの盛られるの

と騒がれていたかもしれぬ）

桃太郎侍は苦笑せずにはいられなかった。

小鈴のいう陰謀事件は、どこの藩か知らぬ。江戸表の家老が悪いのか、国もとの家老が陰謀の張本人なのか、あさはかな女のいうこと、真偽はもとより知るよしもない。また、知ろうとも思わないのだ。

が、自分の身の上もある大名のたねとして、家老の娘の腹にふたごとなって生まれたのだという。母はその驚きと難産のため死んだんだそうだが、――自分には祖父にあたるその家老は、名聞にとらわれて娘がふたごを生んだことを恥じ、先へ生まれた自分を腰元の千代に託し、多分の金をつけて、ひそかに江戸へ落としたのだそうで、むろん生涯不通の約束であった。

それを千代の臨終の時聞かされたが、今となっては、大名となって家老どもの傀儡に踊らされるより、何の名聞も見得もない裸一貫の世界に、かわいい弟子どもを相手にして暮らせる身分に、よっぽど生きがいと楽しさを感じる。

（世つぎをどうするの、当主を押し込めるのと、みんな醜い人間の欲から出ることだ。たかが一大名の藩政、そんなものをかき回してみたところで、どれほどのことがある。

まして、その藩主と生まれたために、家来どもから寄ってたかってオモチャにされる大名こそ、きのどくなものだ）

桃太郎侍はおかしかった。

「若様、あなたは武士として、どこへ出ても腕一つでりっぱに世を過ごせるおしい男になってくださいました。せめても千代の誇りです。どうか、昔のことは問わず、ご自分の力で生きがいのある生涯をお送りなさいませ」

千代が手を握っていっていた。千代のいうことが本当である。あの女は、どうしてあ偉かったのだろう。

（そのわしが、いまさら大名の陰謀事件なんかにまき込まれて出世がしたいものか。なあ、乳母）

桃太郎侍はなつかしい乳母のおもかげを抱いて、しみじみと話しかけるのだ。

（乳母じゃない、天にも地にもたったひとりの母上――あなたこそわしのために、若い一生を尼のように送らせてしまって）

それ一つが、ただ心のこりである。

「ワーッ」

突然静寂を破る必死の絶叫を聞いて、桃太郎侍はハッと顔を上げた。

夕やみせまる向島堤(むこうじまづつみ)、落ち葉の桜並み木の間に覆面の武士が十人あまり入り乱れて、——中間(ちゅうげん)が土手下へけおとされた。カゴかきがカゴを捨てて一散に走るのを追って、峰打ちに違いない、のめるようにぶっ倒れる。

取り残された女カゴを死守するように、若党が抜刀した。ふたりの女中が懐剣を抜いたが、ぞうさもなく、ひとりはこれも峰打ちに大きくのけぞり、ひとりはわしづかみにされて、ねじ倒された。

まだ日暮れ前だというのに、不敵な狼藉(ろうぜき)！

見るより、桃太郎侍は一気に土手のカゴのわきへ駆けつけた時には、その若党もたたき倒されて、うしろのとびらからカゴの主がスラリと抜けて立つところだった。

「おお！」

思わず見合わせた顔、さっき長命寺のサクラモチの床几(しょうぎ)に休んでいた娘だ。ほんのいちべつだが、青白いほお、りんと張った目、さすがに武士の娘らしく、おおしく美しく！

「狼藉者(ろうぜきもの)！」

その娘を背にかばうように、桃太郎侍は一喝した。

意外なじゃまの出現に、くせ者はハッと半円を造り、手に手に抜刀した。

「事情は知らんが、貴公ら、覆面とはひきょうだぞ。覆面は悪党か、謀反人、ぬすっと、人に顔を見られてつごうの悪いやつのすることだ」

すかさず叱咤したのは、出ばなをくじいて敵の気勢をくずし、その間におのれの呼吸を整える舌刀というやつ。はたして乗って、

「無用の腕立て、後悔するなッ」

中央正面の覆面が威嚇するようにわめいた。

こやつが大将らしい。

「後悔するくらいなら飛び出しはせん。貴公らこそ、そのざまを人に見られたらどうする。まだ日暮れ前、水戸様お下屋敷の近くだぞ！」

油断なく柄に手をかけながら、桃太郎侍はずっとひととおり、くせ者を見渡した。ゆうゆうたるつら魂、寸分のすきない身構え、腕にも度胸にもよほど自信がなければできない態度だ。——明らかに覆面どもの間にちょっと動揺が見える。

「お女中、これをお取りなさい」

大胆不敵、その一瞬のすきに桃太郎侍は左手に小刀をサヤごと抜き取って、うしろざまに差し出した。

「拝借いたします」

落ち着いた返事である。声の様子で、――これならだいじょうぶ、多少は武術の心得もあるらしいと察したから、

「どうした、おいはぎども、目ばかり光らしておらんで、こぬかッ」

小バカにしたような挑戦(ちょうせん)の嘲罵(ちょうば)を飛ばした。

「うぬッ」

短気なのが、たまりかねて左からタッと斬り込んで来る。右足をひいて半身(はんみ)にかわし、前へ流れて来る胴へ抜き討ちに、

「エイ」

むろん峰打ちだが、ワーッとのめって行くのと、その体のくずれへ正面からひとり敵が斬り込んできたのと同時、

「トーッ」

「エイ！」

桃太郎侍の返す一刀が、流星となってわずかに速く、敵の剣を力いっぱいはね上げたので、チャリン！　火花が散って刀が飛ぶ。

「こんど来るやつは、遠慮なくたたっ斬るぞ」

先の体勢に返って、青眼、これだけの働きに少しも位置は動いていないのだ。

「――！」

意外のてなみに、くせ者たちは色めきたったが、すぐにかかって来そうなやつはない。人通りがないといっても向島堤、まだたそがれ前の見通しはきくし、長びいては覆面のほうが不利だ。必ず逃げると思ったから、桃太郎侍はこっちからは仕掛けて行く愚は踏まなかった。はたして、

「ひけッ、おりが悪い！」

大将が低く号令する。待っていたように、バラバラッと土手下へ散るくせ者、そこに舟が用意してあるのだろう。

「青二才、見覚えておくぞ」

さすがに大将だ。いちばんあとから、ゆうゆうと刀を引く。

「光栄至極――」

桃太郎侍はニッと一礼した。

「そのことばを忘れるなよ」

まもなく形屋舟二艘、グングン中流へこぎ出して、あとはおりからの引き潮に流れ去る。もうたそがれが溶けはじめていた。

「とんだ災難でしたな」

ふり返ると、これはまたたのもしい、娘はいつの間にか小褄をキリリと取って、桃色ちりめんのしごきを、たすきにかけている。ほんとうに戦うつもりだったのだ。

「あ、おかげさまで――」

「いいお覚悟ですな」

思わず口に出てしまった。

「まあ」

ニッコリわらってたすきをはずす落ち着いた身のこなしに、いい知れぬ高雅さがにおいこぼれる。

しとやかに身じまいを直してから、娘は帯の間へ勇ましく差していた小刀を抜き取り、振りそででちりを払って、

「ごたいせつな品を拝借させていただきまして、ほんとうにありがとうございました」

改めて丁寧に小腰をかがめるのだ。しっとりと教養のある端麗さ、これはまた小鈴には見られぬ美しさ、なまめかしさである。

「いや。——失礼ですが、あなたは武芸のたしなみも深いようですな」

桃太郎侍はなぜかほほえましく聞いてみた。

「ほんのまねごとでございますの」

ハキハキと受け答えするのも好ましい。

「まねごとで、とっさの間にそれだけのお覚悟ができれば、たいしたものです。いざとなったら、くせ者を斬るおつもりだったのでしょう?」

「お恥ずかしゅう存じます。でも、あなたさまにきていただけませんでしたら、斬られていたかもしれません」

「すると、命の恩人ですかな」

つい冗談口が出た。

「一生ご恩は忘れません。——そう申せば、先ほどは、はしたないまねをいたしまして、お許しくださいませ」

娘はほのかにほおを染めた。長命寺の境内で顔を合わせるなり、ぶしつけに驚きの色を見せたことをいうらしい。

「いや、人相があまりよくないから」

「いいえ、あまりよく似ておいであそばすので、わたくし、びっくりしてしまったのでございます」

「どなたに？」

「――」

娘は気がついたように、あたりを見まわした。

若党はじめ、腰元、中間、カゴかきまで、別にたいしたケガもなかったとみえて、いつの間にかそれぞれの位置へ戻り、不安そうに主人の顔をうかがっているのだ。無理もない、すでにたそがれの色が濃く、今戸河岸（いまどがし）あたりの灯がチラチラと水に揺れだしている。

「だれもケガはありませんか？」

娘が声をかけた。

「ハッ」

「みんな自分で歩けますね？」

「お菊殿が足をくじきましたか、少し痛みますそうで」

「いいえ、お嬢様、歩けますでございます」

菊と呼ばれるかわいい腰元があわてて手をさえぎるのを、娘はつと寄って手を差しのべた。

「立って、歩いてごらんなさい」

「は、はい」

しかし、菊は痛そうによろめいて、思わず娘の手にすがってしまった。

「もうよい。無理をしてはいけません。——孫平」

「ハッ」

若党が急いでかけ寄った。その耳へ、娘がそっと何かささやく。

「そ、それはお嬢様、あんまりおかるはずみ」

孫平は何かひどく驚いたらしい。取りすがらんばかりにするのを、

「いいえ、かまいません、いいつけたとおり早くなさい」

娘がきっとたしなめた。たしなめられて孫平はしぶしぶと、菊という娘をカゴに乗せ

る。

「ほんとうによろしいのですか、お嬢様」

「心配ありません」

「では、おことばに従いまして」

孫平は丁重に桃太郎侍のほうへ会釈した。そしてカゴに合図をしたと思うと、行列は娘ひとりを残して静かに歩きだしたのである。

「あなたは？」

驚いて桃太郎侍がきいた。

「あの、ご迷惑でもお宅へ寄せていただきまして、白湯(さゆ)ひとつちょうだいいたしたいと存じます」

「白湯？」

唖然(あぜん)とせずにはいられなかった。

「ご迷惑でございましょうか」

「別に迷惑ということはござらんが――」

しかし、若い娘ひとり、もう夜になるというのに、見ず知らずの男の住まいへたち寄りたいというのだ。

「拙者の家は俗にお化け長屋といわれる貧乏住まい、あなたのようなお嬢様のすわれるところではありませんよ」

あまり大胆千万なので、桃太郎侍は一応断わらざるをえなかった。

「でも、あなた様がおすわりになれるところでございますもの」

このお姫様はなかなか理屈をいう。何か深い子細がありそうなので、

「よろしい、じゃいらっしゃい。ご案内しましょう」

桃太郎侍はかまわず歩きだした。妙に好奇心が持ててきたのである。

「あなたはなにも知らんから、そんなのんきなことをいわれるのだが、お化け長屋には強盗、おいはぎ、人殺しのすごいやつばかりがうようよしている。こわいからすぐ帰りたいと申しても、一度行った以上、そうは参らんかもしれませんぞ」

「けっこうでございます」

平気で寄り添って歩きながら、娘はわらっている。

「人殺しを何とも思っていないような鬼のような悪人は、お屋敷にもたくさんいるのですって。こわがっていては一日も住んではいられません」

「ほう。すると、さっきの覆面もその鬼なのですか？」

「さあ、どの鬼だかわかりませんけれど、鬼には違いないと存じますの」

「あなたのお屋敷は？」

「小川町でございます。わたしは百合と申すふつつかもの、どうぞよろしくお願いいたします」

その屋敷も名も、姓も名のろうとしない。

「ぶしつけでございますけれど、あなたさまは？」

「桃太郎といいます」

「え？」

「姓は桃、名は太郎、鬼には縁の深い男です」

「まあ、いいお名ですこと」

本気なのか、ひやかしているのかわからない。いそいそと両そでを胸に抱いて、つぶやくのだ。油断のならぬ姫御前である。

もう竹屋の渡しであった。暮れ六つに近く、しまい舟が四、五人を乗せて、薄暗い岸で待っていた。

「お客さん、渡るのかね。早くしねえと舟を出すよう」

石段を降りて行くふたりへ、船頭がどなった。

「今、まいる」

桃太郎侍はふり返って百合に手を貸した。恥じらいながらその手へすがって乗り込む娘、――服装といい、美しさといい、町家には見慣れぬ姿である。乗り合いの者はちょっと不思議そうに目をみはった。

(大家の娘をそそのかして、かけおちする若侍)

そう取れぬこともない。ぴったり背へ隠れるように寄り添われて、桃太郎侍は多少くすぐったかった。

舟がすっと岸を離れる。

「船頭さん、堤へぶっそうなものが出たっていうじゃないか」

ひとりがタバコの火を赤く光らせながらきいた。

「そんな話だねえ。おれは見たわけじゃないが、覆面をしているのが十五、六人、いきなり土手下から飛び出して、カゴの中の娘をさらって舟で逃げたって話だ。それがほんのまたたき一つする間のことだってよう」

「へえ、そんなことがあったんですかい。よっぽどきれいな娘だったとみえるね」

別の男が口を出しながら、じろじろ百合を見る。もうそんなうわさが人の口へ伝わっているのだ。

夜がらす

お化け長屋はちょうど夕飯どき、イワシを焼くにおいやヌカミソのにおいにまじって、子どものはしゃぐ声、かみさんたちの荒っぽい口小言、赤ん坊の泣き声、酔っぱらっているらしい男の猥雑（わいざつ）なだみ声、相変わらずごたごたと勇ましくうすぎたなく――。

（どんな顔をしているのだろう）

桃太郎侍は黙ってついて来る百合に、わざと声もかけず、家の戸をあけた。

「だんなですか、お帰んなさい」

飛んで出たサルの伊之助が、うしろに立つ百合を見て、

「おや、お客さんですね」

びっくりして目をまるくした。

「うむ。お姫様、白湯がほしいと仰せられる。お上げ申して進ぜなさい」

桃太郎侍はいいつけて、さっさと先へ上がってしまった。

「へえ。——さあ、お姫様、どうぞお上がんなすって。きたのうござんすがね、そうじだけはよくしてありますんで。さあ、どうぞ」

伊之助は急いで押し入れからふとんを出す。

「おじゃまをいたします」

百合はうしろの障子をしめて、悪びれた様子もなく、しとやかに座についた。

「粗茶でござんす」

すぐ台所から、伊之助が茶をくんで来た。

「伊之助、隣の仙吉は帰っているだろうな」

「へえ。用なら呼びましょうか」

「いや、帰っておればそれでよい。——百合殿、ちょうど時分どき、せっかくまいられたのだから、湯づけなりと上がってまいられぬか」

桃太郎侍はなにげなさそうにすすめる。どんな顔をするか見たいのだ。——驚いたのは伊之助である。

「だんな、サケの焼いたのしかありませんぜ。なんならひとっ走り行って、みつくろって来ましょうか」

どこかのお姫様と思い込んでいるから、サケの切り身では悪いと思ったのだ。だいいち、その切り身も飯も桃太郎侍の分しか残っていない。

「いいえ、それより、わたし、ちょっとお使いをお頼みしたいのですけれど」

百合は相談をするように桃太郎侍の顔を見た。

「あっしでまにあうことなら、どこへでも行きますよ、お姫様」

伊之助が自分から即座に買って出るので、

「ご遠慮なくお使いくださいい」

桃太郎侍はわらってうなずいた。娘の高雅さにすっかり圧倒されているようなサルの、もっともらしい顔がおかしかったのである。

「お筆を拝借したいのですけれど」

「へえ、――ろくなんじゃありませんが、これでよござんすか」

「けっこうでございます」

百合が会釈をして三畳のほうへ立つと、伊之助は手まめに行灯をそばへ持って行ってる。

「ああ、お座ぶとんをしかなくちゃあいけません、冷えますからね」

それをまた百合が立ったまま、当然のことのように待っているのだ。鷹揚なものである。

「だんな、どこのお姫様です？」

やっと火バチのそばへすわった伊之助が、ささやくようにきいた。娘は格好のいいうしろ姿を見せて、懐紙へ何か熱心に書き始めたのである。

「わしにはまだわからん」

「え——？」

「まあ、黙って見ておれ」

桃太郎侍が苦笑するのを見て、伊之助はきょとんとしてしまった。

「そういえば、だんな、仙坊の話じゃ、どうやら代地の小鈴につかまったようですね」

「うむ」

「気をつけてくださいよ。よけいな心配かもしれませんが、ありゃただの女じゃない。実は」

何かいいだそうとした時、

「あのう――」

ふっとお姫様がふり返った。

「何かご用ですか？」

伊之助が急いで立って行く。

「文箱（ふばこ）がありましたら、拝借したいのですけれど」

娘は書き終わった手紙をひざの上で丁寧に折りながらいった。

「あいにく、貧乏世帯で、そんな気のきいたものはありませんので。へえ、どうもすんません」

「では、おのりを貸してください」

「おまんま粒じゃまにあいませんか！」

伊之助は頭をかく。

「ほんのここをはればいいのですから」

結局、手紙のうわづつみを飯粒ではって、

「ここに名あてを書いておきました。ご苦労でも、急いで返事をもらってきてください」

百合は伊之助に手渡した。

「かしこまりました。すぐ行ってまいります」

「なんでしたら、カゴで――」

「なあに、一日二十里ぐらいは平気の、自慢の足でさ。小川町ぐらい、行って帰って半刻もありゃたくさんで――だんな、じゃ、ひとっ走り行ってきますよ」

「うむ」

屋敷へ手紙を持たしてやるらしい。そのあて名を見れば、娘の素性も、想像がつくと思われたが、単純な伊之助はさっさともう懐中へ入れて――桃太郎侍、まさか見せろともいえない。

「だんな、隣のお俊さんに頼んで行きますからね、おなかがすいたら声を掛けてくださいよ」

伊之助は言い置いて出て行った。

「――？」

さて、お姫様どうするかと見ていると、ちゃんと行灯を元のところへ戻し、自分で座ぶとんを持って火バチのそばへ来てすわる。

「失礼いたしました。あの、わたしでよろしければ、お食事のしたくをいたしましょうか」

それをまじめな顔をしていうのだ。

「ほう、あなたにご飯がたけるのですか」

桃太郎侍はからかってみずにはいられなかった。

「まあ！　わたしだって女でございますもの」

その女が、一つ家に若い男とただふたり、じっと澄んだ目にみつめられて、百合はさすがにあかくなった。急にうなだれて、一度にそんなことを思うと、こわいような恥ずかしいような、いじわるく胸がはずんでくるのである。

「――」

桃太郎侍にしても同じであった。あまり身近にすわりすぎたのである。妙に恥じらう百合のみずみずしい姿に、思いがけないむすめのなまめかしさを感じて、甘くただよう脂粉の香気がヒタヒタと胸に迫るのだ。

「お姫様――！」

その重い空気を払いのけるように、桃太郎侍はわざと気軽に呼んだ。

「いやですわ、お姫様などと」

思わず顔をあげて、百合はそこに微笑を含んだ男の、春の海のような強くあたたかいまなざしを見てしまった。甘美な感情がさっと胸いっぱいにふくらんで、自分の目も炎と燃え上がったに違いない。

「いや――！」

急いで振りそでに顔をかくしたが、もう心の底まで見抜かれてしまったような、激しい幸福感に息苦しくなる。

「お送りいたそうか。ご両親が心配されてるといかん」

桃太郎侍は静かにいった。

「いいえ、今、父が迎えにまいりますの」

「伊之助の使いはそれだったのですね？」

「はい」

「こんなところへひとりで来て、父上にしかられはせんかな」

「そんなことはないと存じますけれど」

百合はひざの上でたもとをもてあそびながら、時々男の顔をチラッと見ては、うっとりと伏し目がちになっていた。

「あの、ぶしつけな女とお思いあそばしてでございましょう？」

それが気になって来たらしい。ふと、百合がいいだした。

「いや、別に――」

だが、男の家へこうしてひとりで押しかけて来たがるのは、決して娘らしいとはいえぬ。むろん何か深い事情があることとは、はじめから察しているが――男女七歳にしてうんぬんというおしえがある。

「わたし、きょう乳母(うば)の病気見舞いにまいりましたの。長命寺の境内でお目にかかりました時は、乳母が好きだと存じていましたので、おみやげにサクラモチを求めておりました」

「そういえば、あなたは先刻、拙者がだれかに似ているといいましたね」

「ええ、ほんとうによく似ておいでになります」

「だれにです？」

「父がまいりましたら、お話し申し上げますわ」

「すると、お父上がそばにいないと、安心できぬとおっしゃるのですね。よろしい、そのお話はもう伺いません。だれがだれに似ていようと、拙者には関係のない話だ」

桃太郎侍はちょっといじになった。さっきからなんでも隠したがるのが、しゃくにさわったのである。

「まあ！」

敏感にその語気を感じた百合は、びっくりしてかわいい目をみはる。

「お気を悪くなさいましたの？」

「悪くする必要もありませんな。あなたとは、きょう会ったのがはじめて、一度お別れすればもう何の縁もないおかたなのだから、むやみに話を聞きたがるのがまちがい。そうでしょう？」

「わたし、わたし、どうしましょう」

百合がおろおろとさしうつむいたが、急にひぢりめんのそでで口を目にあてた。

「申しわけ、ございません。わたしが、悪かったのでございます」

「いや、あなたはいいお姫様だ。決して悪くはありません」

「わたし、わたし、みんなお話し申し上げますから、どうぞお許しあそばして」

「許します。だから泣かないでもらいたいな」

百合が、泣きぬれた子どものような目をあげた。

「許すも、許さないもない。どうしてそう急に泣きたくなったのです?」

「悲しいことをおっしゃるのですもの。これからお力になっていただこうと存じていましたのに、何の縁もない人だなどと、あんまりでございます」

「ふ、ふ、縁があったから、こうして口をきいているのでしょうな。そで振りあうも他生(たしょう)の縁というのに、さっき渡し場ではちゃんとお手を取ってしんぜたはずだ」

「あら」

百合ははにかみながら涙をふいて、――なんのことはないちわげんかだと、桃太郎侍は苦笑せざるをえない。が、その百合の偽らざるういういしい姿が、じっと胸へしみとおって来る。

(恋――?)

あかずにながめながら、われにもなくあかくなる。

「あの、お国もとに悪い家来がおりまして、江戸表の若様のお命をねらっておりますの」

打ち明けて話さなくてはきらわれると思ったのだろう、百合が急に話しだした。

「あ、お待ちなさい」

桃太郎侍は愕然とした。ここにも何か陰謀事件があるらしい。

「人に聞かれては悪い。これへ――」

「はい」

百合がすり寄って、ほとんどひざがふれんばかり。――

「国もとの仕置き家老に、鷲塚主膳と申す者がございますの」

百合がささやくように話しだした。

「ほう」

桃太郎侍は思わず目をみはる。さっき小鈴から聞いた話の国家老も、鷲塚主膳とか聞いた。同じ事件なのではあるまいか。

「その主膳の妹で梅と申しますのが、たいそうお美しいとかで、お殿様のお気に入り、あの、お子をもうけたのだそうでございます」

「つまり、お梅の方になったわけですな」

「ええ。万之助様と申し上げて、ことし六歳におなりあそばします。若様ができたものですから、主膳はなんとかして、万之助君をお家の跡目にさして、藩政を自分の自由にしたい野心を起こしたのだそうですの」

「うむ」

「けれど、江戸表には新之助様と申し上げる公儀へおあとめお届けずみのりっぱな若君がございます。それがじゃまになるので、主膳は国もとの者をしだいに味方につけ、いよいよ江戸表へまで毒手をのばしてきたのだそうです」

「ありそうなことですな」

「困ったことには、この春お殿様はご参勤をまぢかにひかえて、にわかにご発病あそばし、ご出府ができないと、国もとから申してまいりました。その実、国もとからの密書によりますと、お殿様は主膳たちのために酒色をもって幽閉されているので、決して病気ではない、国もとは忠義な人たちがみんな遠ざけられ、主膳のほかはだれもお殿様に近づけぬ。しかも、街道や船着き場まで新関を設けて陰謀の一味がみはっているので、江戸へは手紙一つ容易に送れないと、父のところへ申してまいりました。あの、父は神島伊織と申しまして、江戸屋敷を預かっておりますの」

「――?」

はたしてそうであった。小鈴は、その江戸家老神島伊織こそ陰謀の発頭人であり、自分の娘をバカ若殿に押しつけようとしているのだといっていたが、――すると、その娘というのは、この百合でなければならぬ。

「失礼ですが、あなたはその江戸の若殿のお嫁さんになるかたではないのですか?」

桃太郎侍はぶしつけにきいてみた。

「まあ、そんなこと」

近々と顔をみつめられて、百合はまっかになる。

「若様にはもうさる大名の姫様がちゃんときまっておりますの。そのおこし入れの日も近いので、父は胸を痛めているのでございます」

「それで少し安心した」

わざとそのほうへ話をそらしたが――してみると、小鈴に聞いたのとは事情が少し違う。やはり、たての両面ということになるのだろうか。

「――?」

百合はなぜそんなことを聞くのかというような目を上げている。

「きれいなお姫様は、なるべくほかの人にとられたくはありませんからな」

「まあ！」

「失礼しました。今のは拙者の失言、――で、その主膳の陰謀は、どう江戸表へのびてきたのです。何か証拠でもあるのですか？」

恥じらって身のおきどころがないようにろうばいする処女の姿を、桃太郎侍は、心たのしくながめながら、話の次をうながした。

「あの、さっきのくせ者たちもそれかと存じますの。悪人の一味はお屋敷の中にも外にもいて、若様をねらっております。その若様をお守りしている父が何よりじゃまになるのです」

「なるほど。つまり、まずあなたをおとりにして――」

いいかけた時、ガラリと表の戸があいた。

「だんな、行ってきましたよ」

サルの伊之助の声である。

「伊之助か、早かったではないか」

桃太郎侍は目をまるくした。普通の足なら、向こうへ着いたか着かないかの時分である。

「フフフ、自慢の足でさ」

この男は汗ひとつかいていないのである。

「お嬢さん、すぐ迎えにきますよ」

「ご苦労さまでした」

「びっくりしちまった。ご家老様ですってね、お嬢さんのおうちは。案内してくれたご門番に、あっしはかつぎ呉服の伊之助という者だが、どうだろう、これからこのお屋敷内へ商売に来ていいだろうかってきいたら、そりゃご家老様のお声がかりならかまうまい。お係りへ願って門鑑をちょうだいしろってね。なにしろ、あっしはご家老様にちょいと縁引きの者だっていったもんだから、バカに丁寧でしたぜ」

「そんなつまらぬことをいうやつがあるか」

桃太郎侍はあきれて苦笑した。

「なあに、だんな、世の中ははったりをきかせるにかぎりまさあ。小さくなっていた日にゃ、いくらでも踏みつけられますからね。——ね、お嬢さん、これをご縁に、ひとつ商売のできるように口をきいてください。お屋敷をひとつ持っていると、ぐんと商いが違います。欲ばりでいうんじゃありません。あっしはこのだんなを養って行かなくちゃならないんだ。だんなにゃあしたっから寺小屋の師匠、つまり先生になってもらうんです。子どもが喜びますんでね。けど、この貧乏長屋じゃ一文も礼は取れない。むろん、だんなだってあっしだって取りやしません。取るどころか、こっから紙や筆の用意までしてやるんです。子どもはみんな楽しみにしているんだ」

「――」

ひとりでしゃべっている伊之助のうれしそうな顔をながめて、そうか、この男はそんなことを考えていたのかと、桃太郎侍は実にあたたかい気持ちがした。

「おとうさまに話してあげます」

百合はおうようにわらっている。

「あっ、お着きのようだ」

伊之助は不意に飛び出して行った。また不思議な耳の持ち主でもあったのである。

「だんな、ここですよ。ここんとこのどぶ板はあぶないから、足もとに気をつけてくださいましよ」

かど口に立ってどなっている。

「あの、父には今の話、聞かなかったことにしておいてくださいませ」

　百合はそっとささやいて、ほおを染めた。そのきれいな目に、あなただから信用して話したのだといわぬばかりの思い入れがなまめかしい。

「拙者も武士――」

　桃太郎侍がうなずいてわらうと、百合はいそいそと上がり口へ出迎えに立って行った。

「さあ、どうぞおはいんなすって」

　伊之助の案内で、つと土間にあらわれた老武士、からだはそう大きくないが、がっしりと落ち着いて、温顔ながらおのずとおかしがたい威の備わるあたり、さすがは一藩の老職とうなずける。

「おとうさま」

　百合は迎えて、しとやかに両手をついた。

　老人はうなずいて、鋭い視線を娘からジロリと桃太郎侍へ移したが、

「――」

　一瞬、あっといわぬばかりの驚きの色を隠しきれなかった。が、すぐに、もとの冷静な表情に返って、

「失礼いたす」

会釈をして静かに上がって来た。

「はじめて御意得ます。拙者は若木讃岐守の家来、不肖ながら江戸家老をつとめる神島伊織と申します」

「若木――?」

こんどは桃太郎侍が愕然としたのである。

「拙者は桃太郎と申します」

名のりながら、なぜこの父娘が自分の顔を見て驚いたか、はじめて納得がいったような気がした。

今、伊織が口にした若木讃岐守こそ、千代が死ぬ時教えてくれた自分の父だ。――おそらく江戸の若君新之助が自分に酷似しているのだろう。そうだとすれば、その新之助は母なる国もとの城代家老右田外記の娘の腹に生まれて、自分にとってはふたごの兄である。

不思議な邂逅!――だが、その兄にひきかえて無残冷酷にも陋巷に捨てられた自分だと思うと、奇縁に驚くより先に、桃太郎侍はやはり激しい怒りを感じる。思わず伊織に相対する顔が冷淡にあおじろんでいた。

「娘が、あぶないところをお助けいただいたそうで、まことにかたじけない」

世慣れた伊織は如才なかった。

「いや、拙者はほんの行き合わせただけです」

「供の者が帰っての話では、たいそうおできなさるということだが、何流をご修業なされたな」

「小野派を少々、――修業というほどのものではありません」

「ご浪々のようでござるな」

「はあ」

「失礼だが、ご仕官などのご希望は」

「ありません」

至極あっさりしている。父の背後へつつましくすわって、さっきとはまるで違ってしまった冷淡さを百合は敏感に感じながら、何か不安そうに桃太郎侍の顔色をそっとながめていた。

「すると、何かご趣味にでも生きようという風流が――」

「いっこうにありません。ただのんきを楽しむとでも申しましょうか」

「おうらやましゅうござるな」

「はあ」

聞いていた百合は、悲しくなってしまった。

「へえ、粗茶でござんす」

伊之助が台所から茶を運んで来た。——大将きょうはどうかしているぜ、いやにぶあいそうだと、これも気にしているのだ。

「うちのだんなの道楽はね、ご隠居さん、鬼退治と寺子屋なんです。寺子屋のほうはきょうが店開きなんでしてね」

「ほう」

「鬼退治は三度かな。いや、きょうのお嬢さんのを入れると、四度だ。これでだんなは剣術のほうは達人ですからね。だいいち、度胸がいい」

「つつしまぬか。伊之助」

桃太郎侍が苦い顔をしてたしなめた。

「へえ」

伊之助は首をすくめる。

「一度、ぜひゆっくりご高説をうけたまわりたい。これをご縁に、お暇のおり、ちと拙宅へもお運びください」

潮時と見たのだろう、老人は丁重にあいさつをして立ち上がった。

「おじゃまいたしまして」

百合は白々とした両手をつかえて、何か自分にだけのことばを待つように見上げたが、

「いや――」

桃太郎侍はにっこりともしてくれないのである。

「では、ごめんくださいませ」

しかたなく、しおしおと父のあとを追う。

やがて、伊之助に送られて、どぶ板を踏んで去る父娘（おやこ）の足音を聞きながら、桃太郎侍はじっと腕を組んで、火バチの中をみつめていた。

（対岸の火事ではないか）

まだうっぷんがおさまらないのである。

送って出たまま手間どっていた伊之助が、急に路地をかけこんで来た。

「だんな、よろしくいってましたぜ」

伊之助はニコニコしながらはいってきた。

「あのご家老様はなかなか苦労人ですね。――今夜はご苦労であったといって、小判一枚包んでくれました」

「伊之助、ふたりはカゴか？」

桃太郎侍がふっと鋭い目をあげた。

「へえ、カゴでしたよ」

「供の者は何人ぐらいだった」

「中間に若党、侍がふたり、五人ばかりでしたかね」

「うむ」

桃太郎侍はちょっと考えているようだったが急に立ち上がった。

「どうしたんです、だんな」

伊之助がいぶかしそうな顔をする。

「途中がぶっそうだ」

「え？」

「そこまで送ってやることにしよう」

「なるほど、そう来なくちゃ、だんなじゃねえ。お嬢さんがすっかりしょげちゃって、あれじゃ少しぶあいそうすぎると、あっしもきのどくでしょうがなかったんだ。ようござんす、ひとっ走り、あっしがご注進！」

気の軽い男である。いいながら先になって飛び出そうとするのを、

「伊之助、どこへ行く」

桃太郎侍が呼び止めた。

「遠くは行くめえ、お嬢さんに知らせてやるんで――きっと、うれしがりますぜ」

「たわけめ、よけいなことをしてはいかん。そっと、あとをつけるだけだ」

対岸の火事とは思ったが、現在、伊織親子は悪人たちにねらわれているからだである。向島堤の例もあるのだ。どこにくせ者の目が光っているかもしれない。わずか五人ぐらいの供では、いざという時こころもとないと気がつくと、それをしも黙って見ていることは、桃太郎侍の性分としてできなかった。

「黙ってつける？」

伊之助にはちょっとのみこめないのである。

「きさまは待っておれ。疲れてもいるだろうから」

「なあに、行きますよ。行って帰って二里足らず、そんなこって疲れていたんじゃ商売になりませんや」

「よし、では参れ。しかし、断わっておくが、ひと言も口をきいてはならんぞ」

「おやおや、だいぶやかましいんですね。だんな」

山(やま)の宿(しゅく)の通りで一行に追いついた。雷門から田原町のほうへ道をとって行く。秋の夜はもうひっそりとふけて、きれいな星空だった。五日ばかりの月が明るい。

「だんな！」

伊之助がそっとそでを引く。

「黙っておれ」

桃太郎侍はたしなめた。すでに雷門のあたりから気がついていたのだが、浪人者ふうの男が酒にでも酔ったように、軒下を行くかと思うと、フラフラと往来の中央を、ちょうどカゴから五、六間ばかりのところをついて行く。それが東本願寺の土塀(どべい)にそって清島町のほうへ曲がるころから、桃太郎侍たちのうしろへもひとり、妙なやつがつきはじめたのだ。つまり、カゴをつけて浪人者、その浪人者を自分たちがつけ、自分たちはまた、うしろからあやしいやつにつけられて——カゴからずっと一本のひもになっている形だ。

「おや、だんな！」

「黙っておれと申すに」

車坂に近くなって、物陰からまたひとり、ふっと前の浪人者と肩をならべた。このあたりから山下辺まで、しばらく寂しい寺つづきで、くせ者が仕事をするとすれば最もくっきょうの場所である。

（出るかな！）

油断なくうしろをふり返った桃太郎侍は、おや！　と目をみはった。

いつの間にか、うしろの人影が三人になっていたのである。そして、前を見ると、これは一瞬にかき消すごとく——カゴの一行だけが黒々と進んで行く。

（わからん！）

桃太郎侍はちょっと判断に迷った。あるいは、前の浪人者は何の関係もないただの通行人だったのだろうか？　それにしては、いましがた、そこでふたりになった時、既定の事実でもあるかのごとく、ことば一つなく肩をならべたのがおかしい。もし、くせ者だとしたら、なぜ尾行を中止したのか。

(いずれにしても、油断はできぬ)

前後に気を配って行くうちに、いつか寂しい寺町を通り抜けて上野山下へ出てしまった。ここから筋違橋(すじかいばし)までは、俗に御成(おなり)街道といって、町家が軒を並べているから、まず襲撃されるような場所はない。

が、油断のならないのは、依然として背後から三人がつけて来ることだ。それが黒門町を過ぎるころ五人になって、

(さては、一つになったな)

わざと歩調をゆるめてみると、ぐんぐん追いついて来る。

「失礼でござるが——」

突然、中のひとりが追いすがるように呼び止めるのだ。筋違橋の近くである。

「拙者ですか」

桃太郎侍は、ゆっくりとふり返った。むろん、五分もすきのない身構えである。

「お見送りありがとうござった」

　ひとりが立ち止まって丁重に頭を下げている間に、残る四人が会釈をして、これはさっさとカゴをおって行く。

「見送り？」

「てまえどもは神島伊織の手の者、貴殿が桃太郎殿であることをよく存じております。早くご辞退いたそうと思ったのですが、なにぶん、車坂あたりがぶっそうのように見受けられましたので」

　服装ものがたい羽織りはかまだし、どうも疑う余地はないらしい。

「すると、貴公がた、陰ながらの手配りというわけですか」

「はあ」

「車坂辺でふたりになって消えた浪人ふうの者は？」

「実は、それが心配だったのです。われわれ要所要所に分かれて見張っていたのですが、あの辺の寺町にふたり、あるいは三人、ブラブラしている浪人者がいたそうで、――たぶん、向こうでもこっちの手配りに気がついて、手出しを中止したものと思われます」

「なるほど」

考えてみると、悪人を向こうにまわしてたたかっている一藩の老職、そのくらいの用心は当然あってしかるべきだ。

「いずれ主人に申し伝えて、お礼にまかりでますから」

そういって駆け去る男を見送りながら、ひとりでよけいなとり越し苦労をしていた桃太郎侍は、思わず苦笑してしまった。

「だんな、なんです、あれは？」

なにも知らぬ伊之助が、不思議そうにきくのだ。

「いや、なんでもない。――ブラブラと柳原堤をぬけて帰ろう」

歩きながら、――悪人が伊織親子をねらっているのだと、桃太郎侍が簡単に説明してやった。

「へえエ。あっしはまた、だんなが、黙ってろ黙ってろっておっしゃるから、何だろうと思っていたんで」

柳原堤は江戸でも名代のつじ斬り、おいはぎの本場だが、ひとりは侠骨、ひとりは前身が侠盗、ふたりにとっては町つづきを歩くのも同じことだ。ただ困ったことには、気がついてみると桃太郎侍、まだ夜食をすましていない。

「伊之助、どこかに、なべ焼きうどんでも出ておらんかな。少し空腹を覚えてきた」

いった時、ふっと柳原稲荷（いなり）の森のあたりで、夜ガラスが三声ばかり無気味にないた。

「縁起でもねえ」

伊之助がいやな顔をしてつぶやく。

「なんだ、伊之助」

「今、夜ガラスがないたでしょう、だんな」

「うむ」

「あれがなくと、ろくなことがありません」

真顔になっているのだ。

「きさま、もとの商売を思い出したんだろう。カラスだってねぼけることはある。気にするな、それより、わしは腹がすいてたまらん」

桃太郎侍はこともなげに笑った。

「おなかがすいたら、カラスでもとって煮て食ったらいいでしょう」

もとの商売とひやかされたのが、しゃくにさわったらしい。伊之助はぷっとふくれてしまった。

（おこったな）

この男がおこるのは珍しい。いつまでおこっていられるのか、桃太郎侍はわざと知らん顔をしていた。

やがて聖堂（ひじりどう）の森のあたりへ月の落ちるころである。その長い月かげをしょって、新しい橋の近く、ひとところ土手下から急に森の迫ったあたりへかかろうとして、

「いけねえ、だんな！」

ふくれて黙々と歩いていた伊之助が、いきなり桃太郎侍のたもとをつかんだ。

「うむ」

桃太郎侍も気がついて、じっと見定めようとしていたところである。

「だから、あっしのいわねえことじゃねえんだ。夜ガラスなんてやつは、だてに鳴くもんじゃありませんや」

この男はまだ、夜ガラスに固執している。――前方の暗い柳の陰に、ちらっと、たしかに人影が動いたのだ。つじ斬りか？　物とりか？　それなら格別驚くにもあたらないが、妙にヒタヒタと夜気に低迷する殺気を感じる。

「伊之助、ひとりやふたりではなさそうだぞ」

「あっしもそう勘づってるんで」

「いざとなったら、かまわんから、きさま逃げろ」

「冗、冗談いっちゃいけません。そんな不実なあっしだと——」

「いや、かえって手足まといだ」

「まあ、黙って見ていてください。ちゃんと考えがあるんだ」

森かげへかかると、はたしてバラバラッと五、六人、覆面ガラスが行く手の道を断ち切った。

「——!」

桃太郎侍は黙って立ち止まる。すばやいのは伊之助で、どこへ消えたか、とたんに姿を消してしまった。

覆面ガラスも無言、——だが、ピタリと体を固めて柄(つか)に手をかけた構えに、六人が六人、初めから斬って捨てようという激しい敵愾心(てきがいしん)が感じられるのは、人違いやできごころで飛び出したのではないらしい。こっちをちゃんと桃太郎侍と知って待ち伏せしていたのだ。

(何者だろう)

桃太郎侍は、じっと下腹に力を落ち着けて、油断なく、六人の気息をうかがっている。空腹がいっぺんにすっとんで行ってしまったから不思議だ。

「おぼえているだろうな。向島堤の礼をしようと思って、これに待っていたのだ。ただし――」

左端神田川添いに立った覆面ガラス――なるほど、聞き覚えのある声だ。

「今後いっさい、貴公この事件から手を引くと誓約するなら、われら無益の殺生（せっしょう）は好まぬ。返事を聞こう」

「この事件とは何のことだ」

すかさず桃太郎侍は静かに反問した。向島堤のやつとすれば、じゅうぶんこっちの手練は知っているはず、しかもこの小人数で待ち受けていたのは、むろん、人選してあるとは読める。が、それにしても、相手の語気にあまりしゃくしゃくたる自信がありすぎるのは、ひょっとすると、このうえどこかに飛び道具が隠れているのではあるまいかという疑問がわいた。

うぬぼれるわけではないが、桃太郎侍、たとえ一流の剣士をそろえて来ても、めったに負けようとは思わぬ。腕が互角なら、機知で勝つ。万一こっちよりまさっていれば、度胸と気魄で、圧倒するのだ。生死を超越してしまえば、天下に恐れるものはなにものもない。その恐れず、まどわざるの剣を無想剣という。一刀流の極意だ。

相手が何人いようともびくともしないが、飛び道具が隠れているとすると、うっかり手出しはできない。それを探り出そうとするむだことばだったのだが、

「無益な問答はいらぬ。この事件から手を引くか、それとも、あくまでわれわれの敵になるか、その返答だけでいい。どっちだ？」

覆面ガラスの大将は、さすがにその手に乗ろうとはしない。

万事休す！

大将ガラスのこの落ち着きは、まさに飛び道具ありと見るのが至当だが、桃太郎侍の気性として、手を引くとはいえない。運を天に任せてと思った時——ヒュッ！　と空を切るつぶての音、

「ワアッ！」

突然大将ガラスの立っていた側のこずえから、どっと堤下へ転落したやつがある。やみに目のきくサルの伊之助の助太刀に違いない。

「アッ」——

動揺した覆面ガラスが、いっせいに抜刀した。飛び道具をしのばせて置いたほうが、逆にやみ夜のつぶてを食う立場になったのだからおもしろい。

「トーッ!」

その一瞬の動揺を見のがすような桃太郎侍ではなかった。抜き討ちに、タッと中央めがけて斬り込んで、その激しさに思わず敵が左右へ飛びのきながら夢中で一刀をふりかぶった時には、右へひとり、返す烈剣が左へ、これは斬ったのと斬られたのと同時。ただ、こっちのほうがわずかに早かったから、敵の一刀を肩先に感じただけで、相手の胴をしたたか斬って、

「ワッ……」

「ウウム……」

のけぞる声を聞きながら、矢のようにかけ抜けてしまった。

「逃がすな。斬れッ、斬れッ……」

大将ガラスが叱咤(しった)している。

(フフフ、こっちこそ、無益の殺生は好まんのだ)

逃げ足にかけても人後に落ちない桃太郎侍である。背後のろうばいした足音を、

ちょっと嘲笑してやりたい気持ちだったが、——いけないッ！　それどころか、新し橋のたもとに、第二陣があったのだ。

「きたぞ！」

「気をつけろ！」

バラバラッと堤下からおどり出して、四、五人、手に手に抜刀する。

「くそ！」

背後にも敵がある。立ち止まっては不利だ。ただまっしぐらに突破するよりしかたがない。が、走りながらふと気のついたのは、この調子だと、どてにはまだ第三陣、第四陣を用意しているかもしれぬ。

（よしッ、新し橋へそれてやろう）

面も振らず第二陣へ飛び込んで行くと、

「エイ」「ヤッ」「トーッ」

口々にわめいて、さっと道を開きながら、あわてぎみに斬りつけて来る。が、意外の大胆さにひるんだ太刀だから、じゅうぶんに伸びて来ない。

「エイ、オーッ！」

その敵を右と左へよこなぎに、ひとりはたしかに斬った。斬りながら、パッともう橋をふんでいる。

「アッ」

橋にかかって敵の裏をかいたつもりの桃太郎侍、思わずうなってしまった。敵はもうそこにもぬかりなく、佐久間町河岸のたもとに、ちゃんと手配りがしてあるのだ。

「それ、行ったぞッ」

背後の敵が声をかけて、なだれをうって橋へかかる。すでに月は落ちて、星空に、行く手の人数は黒々と七、八人！

（何人でも来い）

一陣、二陣と突破して意気軒昂（けんこう）たる桃太郎侍は、一気に斬り抜ける覚悟で、――腹背に敵をうけては、それよりしようがないのである。ダダダッ！　と新し橋をすごい勢いで突進して行く。

断じて行なえば鬼人もこれを避けるというが、ちょっともちゅうちょということを知らぬこの男の気魄（きはく）に、思わず気をのまれたのだろう、佐久間町側の人数がたじたじと橋詰めを離れて、下谷のほうへ抜ける道路の入り口にかたまってしまった。

（しめたッ）

橋を渡りきって、桃太郎侍はとっさに右へ折れる。とたんに、一度退いた人数の中から、

「エイ」

ひとりが槍（やり）をふるって、追いすがるように激しくつっかけて来た。ふり向きざま、サッとその柄を斬り払うと、河岸（かし）っぷちにひそんでいたやつが、そこを待ち構えていたように、

「オーッ」

右手から拝み打ちに斬って来た。ちょうど体が左を向いて槍の柄を斬った瞬間だから、受けるも払うもできない。

が、剣気を感じると同時に、左足をけって跳躍したから、間一髪、敵の烈刀がわずかに肩をかすめて流れた。そのすきを、われにもなくスッと一刀が返って、

「ワーッ」

背後に絶叫が起こった。斬った桃太郎侍は別にそれほどの手ごたえは感じなかったが、いわゆる夢想剣、みごとに胴にきまっていたのだ。

そのままあとをも見ずに、河岸に添って駆けつづける。

「エイ！」

またひとり路地から飛び出して来た。たたきつけるようにその一刀を打ち落として、

(いったい、どのくらい敵は手配りしているのだろう)

多少不安になって来た。どの路地、どの横丁にも、ふたり三人の覆面ガラスがひそんでいるのである。さすがの桃太郎侍もしだいに走り疲れて、息がはずんで来たのだ。やきつくような渇(かつ)をおぼえる。

(そうか、河岸を走っているのがまちがいだ。向島堤の例で、敵は舟を用意している。橋へかかったとみると同時に、みんなこっちへ舟で渡ったに違いない)

やっと気がついたが、すでにおそい。酒井左衛門尉下屋敷俗に左衛門河岸という、その塀つづきの暗い河岸へかかると、敵の人数がいっぱいにうごめいているのが見えた。むろん、背後からひしひしと追撃の手は迫っている。

(よし、決戦のほかなし)

とうてい逃げきれぬとわかると、そこは決断のいい男だ。急に走っていた足を止めて、土塀を小楯(こだて)に大胆にもつっ立った。敵が追いつくまでのほんの短い間、——二度、

三度、深沈たる夜気を大きく呼吸して、戦闘準備の気息をととのえる。軽く目を閉じて、じっと心耳をすました。

「いた、ここだッ！」

「油断するな！」

追いすがった覆面ガラスが、バタバタッと半円を描いた時には、わずかな休息にみなぎる闘志を回復した桃太郎侍、

「——」

無言でピタリと青眼につけた。——許さぬ！　善悪はさておいて、これほどまでたくらんで人を倒そうとする陰険さが憎い。かたっぱしから斬って捨ててやると、腹の底から、激怒を感じて来たのだ。もう一瞬の猶予もしない。

「エイ、トーッ」

多勢をたのんで、まだじゅうぶん備えの固まらぬ隙、意を決した桃太郎侍は、ダッと自分から攻勢に出た。まっ正面から面も振らず斬り込んだのである。

ワーッ！　覆面ガラスがただひとりを中心に、たちまちうずを巻いて、——そのうずを目がけて、あら手が前後からどんどんかけつけて来る。

代地の小鈴は女中に戸締まりをさせて、もう寝るばかりのからだを、うっとりと、長火バチに寄せていた。このごろ、こうした手あきの、何もすることのない時間が、妙にわびしく、はかないのである。

(ひとりも身寄りがないなんて――)

それを思う。今まではその身寄りのないのが結局身軽で、ずいぶんあぶない橋を渡りながら、そこに生きがいを感じて来た。

母親は相当な町家の娘だったそうだが、出入りの鳶(とび)の者とできて、自分が生まれたので、しかたなく両親がこれを婿養子にしたのだという。これが放蕩とばくちで身代をつぶし、さんざん母親をいじめぬいて、自分の八つの時死んだ。

母は自分をつれ子にして、二十も年の違う建具職の後妻になったが、これがまた飲んだくれで、飲むと若い母をいじめ通した。今から思うと、酒癖も悪かったが、人一倍嫉(しっ)妬(と)深くもあったのだ。

気の弱い母は、なまじ美貌(びぼう)であったばかりに、まだ三十二という若さで男にいじめられ通しに死んで行った。自分が十四の時である。

そして、半年もたたないうちに、その義父が自分を虐待しだしたのだ。八つの時からかよっていた踊りの女師匠の家へ逃げだしたが、そこにもいやなやつがいた。亭主でありながらお師匠さんに養われている年下の、のっぺりした、男である。

お師匠さんは母親の幼友だちとかで、いい人だったが、三月といないうちに、とうとうその年下の亭主の横っつらを思いきりひっぱたいて、自分から逃げ出して、――それから十年、荒い浮き世をひとりで渡って来た苦労、

(男なんてみんなけだものだ。だれが負けるもんか！)

生きるために、ついに肩書きのつく女にはなってしまったが、まだ一度も男に負けたことはない。男に負けた母親を思い出すたびに、

(おっかさんが悪いんだ)

妙に同情が持てず、――まして身寄りのない寂しさなんか考えてみたこともなかった。

それが、このごろ急に心細いのは、いや、本当は身寄りじゃない、すがれる男が、その男もたったひとり、あの人だけ。

(フフフ、小娘じゃあるまいし)

小鈴は時々自分をあざけりたくなるが、すぐその下から、あの人だけは同じ男でも、けだものではないんだからと、自分にいいきかせているのだ。凛とした桃太郎侍のこにくらしくも冷たいおもかげが、うっとりと胸に浮き上がる。

「もう寝たかしら――」

思わず口に出て、勝ち気な小鈴ははっとあかくなった。

「お師匠さん、何かいいましたか?」

隣の小べやからねぼけたような小女の声がきく。

「なにもいいやしないけど、おまえそこで、また居眠りしてるんじゃないか?」

「いいえ、ほどき物をしてます」

「いいかげんにしてお寝よ。わたしも寝るから」

やさしくいいながら、小鈴は泣きたいような寂しさやるせなさを感じた。秋の夜の長さ、――自分は何のために生きているのか、胸がうずいて、こんなにも思いこがれている自分が、急にいとしくなったのだ。

トントントン!

軽く玄関の戸をたたく者がある。

「はあい」

小女がそそくさと立って行った。戸をあけて二言、三言、

「ねえや、どなた?」

ふすま越しに玄関へきくと、

「拙者だ」

答えながら無遠慮に、もうつかつかと、

「おや、伊賀さん――!」

小鈴は思わず目をみはった。

「茶を一杯、ちそうしてくれぬか」

気がねや遠慮などは、薬にするほども持ちあわさぬ男だ。どっかと長火バチの前へ陣取る伊賀半九郎。三十四、五歳のまゆ太く苦み走って、角張った意志の強そうなあご、冷たく光るギロリとした目、なるほど鷲塚主膳のふところ刀といわれるだけあって、好男子ではあるが一癖も二癖もありそうな人物だ。

「こんなおそく、何かご用?」

小鈴は五年前、侍の懐中をねらって、つまらぬどじを踏んだことがある。その時助け

られて以来の知り合いだが、妙にこの男には人を圧倒するような強さを感じるのだ。それだけに、恩は恩として、常に一歩も負けまいとする敵愾心がわくのである。

「うむ、用もある」

半九郎はぶしつけに、小鈴の心を見抜くようにみつめて、ニヤリとわらった。

「夜ふけの差し向かい、さすがのあねご、少しこわそうだな。別にくどきはせんから心配するな」

「フフフ、くどかれたって、これだけはいくら伊賀さんでもねえ」

「やっぱり桃さんにかぎるか」

「フフフ」

小鈴は背後の茶ダンスから茶筒を取って、器用に茶を移す。そのうつむいたあごのふっくらとした感触、肩から胸へ流れて静かに息づいているむっちりとしたからだつき、みなぎる年増盛りのはだの白さなまめかしさが思われて、――半九郎の目がちかりと光ったが、

「いまに桃さんなんかより、拙者のほうが好きになるさ」

冗談ともまじめともつかず、平気でわらうのである。この男はそういうずぶといとこ

ろのある男なのだ。

「好きになったら、くどいてあげるわ」

小鈴も負けてはいなかった。

「それはそれとして、——たぶん、あした一役買ってもらわんければなるまいと思うのだがな」

半九郎はもうけろりとして真顔になった。

「一役？」

「うむ。江戸のおいぼれは今夜片づくことになっている。これが片づいたらバカ若殿を小梅の下屋敷へ引き出すから、あねごは下屋敷留守番北野善兵衛の妹お鈴にばけてもらいたい。——筋書きはあした教えるが、あねごのきりょうがバカ若殿のお目にとまりさえすれば、もうこっちのものだ。そのきりょうならきっと、うい やつじゃ、とくるにきまっている」

「いやですよ、あたしゃおめかけなんかにされるのは——」

小鈴のきれいな目に、急に険（けん）が出た。その底いじの悪い顔に、男をしびらすような魅力がにおうのだからすごい。

「それも桃さんへの義理だてか？」

半九郎はからかうようにわらった。

「心配しなくもいい。そのあねごの色気と手くだでバカ若殿を二、三日下屋敷へ引き留めておいてもらいさえすればいいのだ。思いきりじらしてやるさ」

「そんなことをいって、――世間を離れたお屋敷内のこと、あたしゃ自分の身があぶなくなったら、殿様だって、若様だってただはおかないから、それでようござんすか？」

「かまわん、あとは伊賀半九郎がなんとでも始末をつける。お国もと若君のためだ。あねごの腕まえに信頼しよう」

いってのけて、うまそうに熱い茶を喫する半九郎――その押しの強さに小鈴はひそかに目をみはった。事実、この男は一度引き受けたら必ず責任を持ってくれる男なのである。敵にまわすとこわいが、それだけ味方にはたのもしい男なのだ。

「伊賀先生――！」

玄関の雨戸をたたいて、そっと呼ぶ声がした。

「バカめ、――しくじったらしい」

その声を聞いただけで、半九郎はふっとそんなことをつぶやくのである。

「あねご、ちょっとここを借りてもいいか？」

半九郎がきいた。

「どうぞ。——なんなら、あたしは座をはずしましょうか」

江戸で采配（さいはい）をふるっている半九郎は、すべてを秘密主義にして、味方でも関係のない者は会わせないようにしている。その半九郎さえどこに寝泊まりしているかも知らない小鈴は、気をきかせて自分から遠慮しようとした。一つには桃太郎侍に会って以来の小鈴は、その人以外には、もう何も興味が持てなくなっていたのでもある。

「いや、あねごに遠慮してもらうほどのいいたよりもなさそうだ。くだらん話は、あねごのきれいな顔でもながめながら聞くにかぎる」

「おやまあ、ただ見せるだけで、すみませんことね」

小鈴はすぐ反発する。一歩でも退けば、それだけのしかかってこられそうで、少しも油断のできない相手なのだ。

「おそくなりまして——」

うしろのふすまをしめて、若いたくましい武士がそこへ小さくかしこまった。チラッと小鈴を見て、名のろうかどうしようかというような顔をする。

「報告を聞こう」

半九郎が冷然と、頭から命令した。

「はっ。──申しわけありません」

声の調子で、どうやら覆面ガラスの大将らしい。

「敵にも要所要所にてくばりがありまして、町中での襲撃は残念ながら無理とわかりました」

「中止したんだな」

「はい。しかも、意外なことには、向島堤の浪人者がその護衛の中に加わっているのです。たぶん、神島が屋敷を出たのは、その男のところへ娘を助けられた礼に行ったのではないでしょうか」

「よけいな自分の想像などは口にするな、事実だけ話せ」

半九郎の語気はきびしい。

「はっ。不利な戦いはムダだという先生のご注意がありましたので、そのほうの襲撃は中止して、せっかく来たのだから、向島堤のかたき討ちだけでもやって帰りたいと思いました。さいわい、そやつが柳原堤へ道をとりましたので、先回りをしてじゅうぶん手くばりをしたのですが、——申しわけありません」

「失敗したのか？」

「もう一歩というところで、左衛門河岸から川の中へ飛び込まれてしまいました。もっとも、じゅうぶん手傷はおわしてありますが」

「こっちの人数はどうした」

「八人ばかり手負いができて、中のひとりは即死でした。一同先へ船で引き揚げさせてあります」

大将ガラスは深くうなだれた。

「西村、貴公は上屋敷から伊織外出の密報があった時——向島堤の名誉回復のため、こんどこそ必ず成功して帰るから、ぜひもう一度拙者をやってくれ、といったな」

「はい」

ギクリと西村が顔を上げた。ことばは穏やかだが、妙に無気味なひびきを感じたのである。

「あねご、世話をかけた。あしたのことは改めてまた相談に来よう」

小鈴に対しては笑って立った半九郎が、

「西村、いっしょに来い」

氷のようにいい捨てて、ゆうゆうと、出て行くのだ。

「伊賀さん、まさか、まさか！」

小鈴はさっと顔色を変えて呼んだ。――この男は、罰として、斬られるのではあるまいか。そのくらいのことはしかねない半九郎なのである。そう思うと、さすがに黙って見ていられないような気がしたのだ。が、半九郎はもうふり返りもしないのである。

「失礼しました」

立ち上がる西村の顔は、紙より白い。フラフラッとよろめいて、しかし見えない強い力にひかれてでも行くように、玄関のほうへ泳いで行った。

好敵手

「おじさん、きょうも先生は起きられないのかなあ」

台所で仙吉のつまらなそうな声がする。

「うむ、もう一日だけ休もうや。先生、ずいぶんくたびれてるんだからな。それに、まだ少し熱もあるんだ」

伊之助がゴトゴト炊事をやりながら答えていた。

「あしたはだいじょうぶなんだね、おじさん」

「うむ、あしたはだいじょうぶだろう」

「みんながっかりしてるんだよ。せっかくおぼえたいろは忘れちまうって。為ちゃんたちは今、観音様へ行ったよ」

「けいこが休みだから遊びにか？」

「違うよ。早く先生がなおってくれなけりゃつまらねえって、拝みに行ったんだ」

「へえ」

「小さい組は聖天様にしたんだ。近いからね。おじさん」

チーンと伊之助が急にはなをかむ。

(子どもというものは――)

かわいいものだなあと、桃太郎侍は軽く目を閉じた。せっかく子どもたちのために寺子屋を始めておきながら、一日教えたきりで、二日寝てしまったのである。

あの晩、左衛門河岸から神田川へ飛び込んで危うく剣難はのがれたが、空腹と疲労に多少参っていたからだを長い間秋の水につかっていたので、すっかりカゼをひき込んでしまったのだ。

きのうも、おとといも、子どもたちが心配してかわるがわる窓の下へ集まっては、先生がうるさくて眠れないからと、かみさん連に追い散らされていたが、――とうとう、がまんがしきれなくなったとみえる。

よし、きょうは起きてやるぞ。

子どもたちのいじらしい気持ちを聞かされては桃太郎侍、もうじっと寝てなぞいられない。けさは熱も下がったようだし、気持ちもだいぶ軽くなっている。そのつもりでやっと床の上へ起き上がってみたが、やっぱり高熱のあとである、まだ多少からだがフラフラした。

「おや、目がさめましたね、だんな」

台所からヒョイと顔を出した伊之助が目をみはった。

「うむ、もうすっかりなおったらしいよ」

「冗、冗談いっちゃいけませんや。そんな顔色をしてまだ無理だ。きょう一日なんといったって起こしませんからね」

「しかし、ほんとうに――」

「いいや、しかしもほんとうもありません。さあ、寝てらっしゃい。きょう一日は寝てなくちゃいけねえ。子どもたちが皆心配してるんだ、無理をして長びかれた日にゃ、この伊之助が子どもたちに合わせる顔がなくなりまさあ」

子どもでも押えつけるようにして寝かして、上からフトンをかけてしまうのである。

「いかんかなあ」

桃太郎侍は苦笑した。しいては逆らわなかったのは、まだどこか大儀だったからである。

「いけませんとも。あっしのいうことさえ聞いてりゃ、まちがいはないんでさ。このあいだの夜ガラスだってそうでしょう、カラスの寝言だなんてバカにするから、あんなめに会っちまったんだ」

伊之助はまだそれを根に持っている。しかし、あの時のこの男の働きは、さすがにサルだった。どこをどうついて来たものか、川へ飛び込んで浮き上がると、いきなり腕をつかんでグイグイ泳ぎだしたのである。ちゃんと先回りをして隠れる穴を見つけておいたらしいのだ。

「さあ、だんな、これでうがいをして、顔をふいといてくださいよ。今、おかゆのしたくをしますからね」

熱い手ぬぐいを絞ったのと、塩水に金ダライを添えてまくらもとへ置いてこまめに立った伊之助が、どうしたのだろう、急いで引き返して来た。

「いけねえ、だんな、やって来ましたぜ」

きょうは三日と日を切った桃太郎侍の返事を聞ける日である。

（いっしょに行ってくれる気になったかしら）

小鈴はどうにも家にじっと待っている気にはなれず、引き寄せられるようにお化け長屋へ急いでいた。

その気になってくれたとすれば、——祝言の杯もしなければならんしと、あの時あの人はわらっていたが、もう他人ではなくなるのだ。どちらかといえば、少しおっとりしすぎる世間知らずの若様なんだから、道中はあたしがしっかりして、ハシの上げおろしまでめんどうを見てやらなければならないだろう、ふたりきりのうれしい旅、

（あたしはきっと、いいおかみさんになってみせる）

が、もし断わられたら、——少しも欲というものがないんだから、あるいは仕官なんか窮屈だ、というかもしれないのだ。そうなったら、あたしは一度伊賀さんに約束した手前、どうしてもしばらく江戸を留守にしなければならないんだし、小鈴は考えただけでも目の前がまっ暗になるのだ。

「どうしてこう、あたしは弱くなっちまったんだろうな」

桃太郎侍の家の窓が見えだすと、小鈴はもうワクワクと胸がはずんで、やっぱりすぐにはいって行けなかった。素通りをして、隣のお俊のかど口をあけてしまったのであ

る。

「あ、いらっしゃいませ」

お俊は縫いかけの、――それはこのあいだ頼んだ自分の着物だ、針を置いて立とうとするので、

「いいえ、かまわないでください。先日はおじゃまをしました」

小鈴は手で押えるように、上がりかまちへ腰をおろした。

「あの、このとおり、もうそでをつければいいのでございますけれど、――おそくなって申しわけございません。実は急に病人があったり何かしましたもんですから、それでなければ、きのうはちゃんとお届けできたんですけれど」

「そうお――病人って、どなた？」

「お隣の先生が、おとといから急に熱が出まして」

茶道具を出しながら、お俊がいった。――意外に熱が高かったので、お俊も一晩じゅう伊之助とかわるがわる、ぬれ手ぬぐいを絞りとおしたのである。

「先生って、桃さんのことですが」

「はあ」

「じゃ、まだお悪いの？」

小鈴の顔色が変わった。道理で、きょうは子どもたちのけいこもなく、ひっそりと障子が締まっていると思ったのである。

「はあ。けさあたり、おかげさまでお熱が下がったようでございますけれど、二晩ほど、うわごとをおっしゃったほどおひどくて、余病が出はしまいかと、ずいぶん心配いたしましたの」

「まあ、ちっとも知らなかった。ちょっとごめんなさいよ」

そそくさと立ち上がったのである。

「あの、お召し物のほうは、きっと夕方までに」

「ええ、どうぞ」

そんなものはもう、どっちだってよかった。たいせつな男を、こんなあかの他人に看病させたかと思うと、むしょうに腹がたつ。だいいち、熱が下がったといっても、それで安心していい病気なんだろうか？　気のきかない人間なんかに任してはおけない。

「今日は——！」

小鈴は、さっきあんなにはいりにくかった伊之助の家の障子をあけるなり、案内も待たずさっさと上がってしまった。

「だれだ?」

ふすまをあけた伊之助がこわい顔を出す。

「おや、黙って人の家へ上がるおまえはだれだッ」

「おふざけでないよ、伊之さん。病気だってのに、なぜ早く知らせてくれないのさ」

小鈴も負けてはいない。

「冗談じゃねえ。だれが病気だって大きなお世話じゃねえか。おまえなんかの知ったことじゃねえや」

伊之助は立ちはだかって、病間へ通そうとしないのだ。

「おや、おまえさん、うちの人を見殺しにするつもりなんだね。大きなお世話だなんて、きっと医者にもみせないで、ほったらかしてあるんだろう?」

「何をッ、黙って聞いてりゃ、このあま――」

「くやしけりゃお通しよ。薄情なまねをしているから、あたしに病人が見せられないんだろう。かわいそうに、病人には一に看病っていうくらいなんだよ。あたしゃきょうかぎり桃さんを家へ引き取りますからね」

「薄情だと！　こん畜生、かってなごたくを！」

「いいますよ。おまえさんにゃ赤の他人でも、あたしにはたいせつな亭主なんですから
ね。医者にもかけないで、せんべいぶとんにくるんでほうり出しておかれちゃ、がまん
ができません」

「せんべいぶとんだと、こんちくしょう！　赤の他人とはぬかしやがったな」

だが、口では伊之助、小鈴の敵ではない。初めはそれでも近所の手前、声が低かった
が、小鈴はくやしまぎれに気が立っているのだ。その早口にいいまくられて、

「出て行け！　ここはおいらの家だ。てめえこそ赤の他人――」

とうとう大きな声を出してしまった。

「静かにせんか、みっともない」

たまりかねて奥から桃太郎侍が制した。

「それ、ごらんなさい。伊之さんが悪いからさ」

さすがに小鈴はあかくなった。腹だちまぎれに、うっかりうちの人だの亭主だのと、
聞かれてしまったのがちょっと気恥ずかしい。

「何いってやがんでえ。てめえひとりのだんなだと思ってやがらあ」

「ええ、そうよ。おきのどくさまみたいだけど、あたしひとりのだんななんだもの」

「ふん、いい気なもんだ。おれの目の黒いうちは——」

「伊之助、よさんか。——代地の師匠、なにか用か？」

「はい、今そこへ行きます。——おどきよ、サル！」

「かってにしやがれ」

伊之助はにらみつけて、台所へはいってしまった。

「まあ、やせたねえ。どうしたのさ、桃さん」

小鈴は近々とまくらもとへすわって、のしかかるように上から顔をのぞきこむ。女のはだにかもされたような濃厚な脂粉の香がむっと迫るので、

「これ、カゼが移るぞ」

「あたしに移ってなおるんなら、貰って行くわ。お医者にかかっているんですか？」

桃太郎侍は、その真剣な顔を見上げながら思わず苦笑した。

「いや、それほどではない」

「だって、こんなにやせちまって」

「ひげが伸びたせいだろう」

「なぜ、すぐあたしに知らせてくれなかったの。うわごとをいうほど熱があったってい
うんじゃありませんか？」

小鈴はどうしても、顔をどけようとしないのだ。

「だんな、おかゆ食べますか？」

伊之助が台所からわざと声をかけた。

「うむ」

「おや、まだ朝ご飯前なの。じゃ、あたしがよそってあげる」

つと台所へ立って行ったと思うと、

「よけいなお世話だよ。おまえ、フトンを見たら安心したんだろう。さっさと帰っても
らいたいね」

とんがった伊之助の声がした。

「伊之さん、そんないじの悪いことをいわないで、このとおり、あやまります」

小鈴はにっこりわらって頭を下げた。

「フトンはきれいだし、そうじは行きとどいているし――あたしが悪かった。おまえさ
んは毎日いっしょにいられる人じゃないか。お願い、きょうだけあたしに看病させてく

れたっていいでしょう」

「ちぇッ、その口車でだんなをくどこうったって、おれの目の黒いうちは――」

「わかっていますよ。そんなに心配なら、ちゃんとそばへすわって番をしてりゃいい。ホホホ」

行平(ゆきひら)をのせた盆をひったくるようにして、小鈴はさっさとまくらもとへ運んで行く。

（かってにしやがれ）

まさか伊之助、そうまでいわれると、のめのめとそばへすわるのも業腹(ごうはら)だ。ちょっと台所へ立ち往生の形である。

「師匠、きょうはこのあいだの返事をする約束の日だったな」

行平のかゆをいそいそと茶わんに移している小鈴の横顔を見上げながら、桃太郎侍は思いだしたようにいった。

「ええ」

ドキリとしたように小鈴は男の顔を見たが、

「桃さん、養ってあげましょうか」

いざとなるとその返事を聞くのがこわいらしい。とってつけたようにいって、どぎまぎするのだ。

「いや、そんなまねをすると、伊之助にしかられるからよそう」

桃太郎侍はわらいながら腹ばいになった。

「旅立ちの日はもうきまったのか？」

「近いうちだと思うんですけれど」

「わしにはどうもあぶない仕事のように思えるが、いまさら中止するというわけにはいかんのか？」

桃太郎侍にはこのあいだの夜以来、もうおおかた事件の全貌が読めるのである。この女は要するに伊賀半九郎という者にだまされているのだ。

自分としては、こと、若木家に関するかぎり、国もとがたが負けようと、江戸表がたが勝とうと、知ったことではない。が、公平に見て、この事件はおそらく江戸方が勝つだろう。結局は正しいものが最後の勝利を得るようになるのだ。その負けるほうへ、

——少なくとも陰謀側のほうへ、知らずにこの女が引き込まれて不幸になるのは忍びない。

「よけいなお世話だといわれればそれまでだが、踊りの師匠でその日がすごせるなら、

それで満足すべきだとわしは思うな」

「桃さん、あんたこわくなったの？」

ふっと小鈴がそこいじの悪い目をする。

「何が？」

「あたしは弱い男きらいさ、あんた自分で鬼退治が好きだっていったくせに、その鬼がのさばっているのを、あぶない仕事だからといって黙って見ているんですか」

「なるほど」

桃太郎侍は苦笑した。

「ね、そんなことといわないで、いっしょにいってくださいよ。それに――」

小鈴は台所の伊之助をはばかるように、急に耳もとに口を寄せて来るのだ。

「江戸の鬼はもう二、三日じゅうに退治できるんですって。あとは国もとの鬼だけですから、あたしはあしたにも江戸をたつようになるかもしれないんです」

「江戸の鬼って、あのなんとかいう家老のことか？」

「いいえ、バカ様のほうらしいんです。お家のためには代えられないから、しばらく下屋敷かどこかへ閉じ込めて、その間に悪人の根を断つ計画らしいんです」

「――？」

　さすがに桃太郎侍、聞き捨てならなくなってきた。

「おかわりは」

　桃太郎侍が黙って茶ワンとハシを置いたので、小鈴がきいた。

「いや、もうよそう」

「だって、まだ一つじゃありませんか。口がおいしくないの？」

「うむ」

　熱のあとで口もまずかったが、それより小鈴の話のほうが気になった――悪人に閉じ込められようとしているバカ様というのは、まだ会ったことはないが、自分の兄なのだ。それもある。が、兄新之助には伊織をはじめ、正義の家来が相当ついているだろうから、そうむざむざとは悪人に乗ぜられるようなこともあるまい。気になるのは、その悪人どもを忠義な者と信じているらしい小鈴のことだ。

「師匠、どうして江戸の家老が悪くて、国もとの家老が良いとわかる？」

「だから、それはこのあいだも話したじゃありませんか。江戸の鬼は自分の娘を――」

「それは聞いた。しかし、師匠はそれを実際に見たわけではなく、人の話を聞いて、つまり一方の話だけで、そうだときめてしまっているのではないのか？」

「いいえ、伊賀さんて人はそんなひきょうな人じゃない。悪いことなら、悪い仕事だが味方にならないかと、ちゃんと初めからいえる人です。――だから桃さん、一度あってくれるといいんだけれどね」

「うむ」

桃太郎侍は横になって軽く目を閉じた。これ以上つっ込んで話はできない。話すとすれば、どちらかの味方にならなければならないのだ。今の自分としてはそれを欲しない。このあいだは降りかかる火の粉だから覆面ガラスを相手にしたが、一度すてられた若木家の味方になる気なぞもうとうないし、むろん悪人の味方などはまっぴらだ。要するに対岸の火事、それでいいのである。

「師匠が信用するくらいだから、その伊賀さんという人物は、よほど器量人らしいな」

「そりゃあもう、敵にするとこわいけど、味方にはたのもしい男です。桃さんとなら、きっと話が合うと思うんだけど」

「いや、拙者は弱い男だからダメだ。寺子屋の先生ぐらいがちょうどいい。伊賀さんのまねはできなかろう」

「――？」

小鈴ははっと目をみはった。

「桃さん、おこったの？」

「弱い男に、おこる気力などあるものか」

穏やかに笑っている男の澄んだ目に、小鈴は妙に強い意志を感じた。すねているのではない、自分にも、この事件にも、なんの興味も持っていないような冷淡さなのだ。

「気を悪くしちゃいや！　ねえ、桃さん、病人にこんな話をしたのが悪かったんです。お願いだから、そんなこわい顔をしないで――」

「そんなにこわい顔をしているか？」

「いや！　いや！　桃さんはあたしにあいそうをつかしたんでしょう！　その冷たい顔！」

「いろいろな顔に見えるんだな」

「桃さんてば！」

小鈴はいきなり身を投げかけて、愛情を取りもどそうとするように、近々と顔を寄せてきた。

「ごめんくださいませ」

ふいにかど口をおとなうきれいな女の声がした。

「アッ、だんな！」

聞きつけて伊之助が台所から飛んでくる。その伊之助の目を恥じるというより、かど口の女の声にしかも困っているらしい伊之助の表情に、小鈴はすわり直って鋭い目を向けた。

（こりゃいかん）

色には出さなかったが、桃太郎侍も一瞬当惑する。たずねて来たのは、声で伊織の娘百合とわかっているのだ。

かたき同士の女が偶然にぶつかってしまったのだ。これは対岸の火事といって澄ましてはいられない。桃太郎侍としては、できるなら陰謀側の小鈴に百合の素性を知らせたくないと思うのだが——問題なのは、まだ伊之助にくわしい事情を説明してないことだ。おそらく小鈴が覆面ガラスの一味とは、いかにサルでも気がついていまい。

といって、現在小鈴が女の敏感さからじっとけはいをうかがっている目の前で、へたな細工はするほうがやぼだ。

「だれか来たようだな」

桃太郎侍はなにげなく伊之助を見上げた。

「へえ、女のようです」

「お百合さんのようじゃないか。立っておらんで出てみたらどうだ」

「へえ」

伊之助はまだとぼけたように顔色をうかがっている。

「フフフ、小鈴師匠に遠慮しているのか？」

「伊之さん、あたしがいちゃ、ぐあいが悪い女なの？」

これもなにげなさそうにいっているが、軽い嫉妬の色はおおうべくもない。

「いたってかまわねえよ。ただ、相手はおぼこだから、おまえに変な気をまわされて、いじめられるとかわいそうだと思ってよ」

さすがに伊之助は要領がいい。桃太郎侍の語気一つで、小鈴の心を嫉妬のほうへ向けようとしているのだ。

「なにいってんのさ。早くお通しなさいよ。いつまでもお待たせしちゃお客様に失礼じゃありませんか」

小鈴は気がついたように、まくらもとの食器に手を掛けた。

「桃さん、もう召し上がらないんなら、片づけますよ」

世話女房であるかのごとく、ついと台所へ立つ。これが女のいじであり、まだ見ぬ敵への優越感でもあるらしい。

「さあ、どうぞお上がんなすって。あいにく、だんなはこの二、三日カゼで寝込んじまいましてね。散らかっていますが」

玄関へ飛び出して行った伊之助が、あいそうよく迎えていた。

「あの、お客様のようでございますね」

「いいえ、かまやしません。さあ、どうぞ」

「――」

やがてさわやかにはいって来た百合が、小笠原(おがさわら)流にしとやかに両手をつかえる。

「先日はいろいろとありがとうございました」

じみな縫い返し物の矢がすり、矢の字に結んだ黒の帯、わざとどこかの小旗本の腰元か微禄者(びろくもの)の娘のように装っているのは、お嬢様、何か秘密の急用でもあって、うまく変装をしてきたつもりだろうが、つややかとした高島田にみごとな鼈甲(べっこう)のくし、銀台に金をあしらった高価な平打ちのかんざし、古代錦のぜいたくな箱迫を胸にのぞかせて、――だいいち、そのおっとりと高雅な物腰からして、ただの腰元や貧乏侍の娘にはうけとれないのだから、ちょっと微苦笑ものなのである。

「あの、ただいまご風気とうかがいましたけれど、ご気分はいかがでございます」

「いや、もういいのです」

「存じていれば、すぐにもおてつだいにまいったのでございますけれど」

まだ両手をつかえたまま、じっと潤いのあるきれいな目を向けて来るのだ。

「どうつかまつりまして。お百合さんにそんなことをされては罰が当たる」

「まあ！」

このあいだの別れぎわと違って桃太郎侍のきげんがよさそうなので、百合はほっとほおを染めた。

小鈴が台所から茶を入れて、とり澄まして出て来た。

「お茶をおあがんなさいまし」

小鈴は茶わんを百合の前へおいて、はじめてその顔をまともに見上げた。たかが小娘なんかにという優越も感じていたし、美貌にだってじゅうぶん自信を持っている。

「――」

が、百合はしとやかに会釈をしてほのかにほおを染めたが、ういういしく落ち着いて、――いってみれば嫉妬などという感情は露ほども出ていない。

(いったい、桃さんとどんな関係の娘だろう。あいさつの口ぶりでは、全然、他人がましくも思えないが)

小鈴は心中穏やかでなくなった。その春風にもたとえたい物腰のゆたかさ、高雅さ、――向かい合ってみて急に自信がぐらつきだしたのだ。だいいち、いきなり嫉妬を感じさせられただけ、すでにいくぶんのひけめを認めないではいられない。

「桃さん、お茶をあげましょうか」

わざと近々とまくらもとへすわって、小鈴は男の顔をのぞくようにして見せた。百合への挑戦と同時に、桃太郎侍がどんな表情をするか、そこからも何か探り出そうと思ったのである。

「いや、ほしくない」

桃太郎侍は至極あっさりと、天井をながめていた。百合は行儀よく伏し目になったまま身動き一つしないし、

（畜生、にらめっこなら負けるものか）

妙に重苦しい沈黙がうずを巻きはじめた。

どこへ出て行ったのか、伊之助はさっきから帰って来ない。

「あたし、ここにいちゃおじゃまかしら」

結局根気負けがして、――小鈴はつらあてのつもりだった。生娘（きむすめ）なら恥ずかしくて座にいたたまるまいと、わざとあけすけに百合を見て言ったのである。

「あの――」

何と思ったか、百合がふと両手をつかえた。

「ぶしつけでまことに申しかねるのでございますが、実は少しお願いしたいことがありまして出ました者、ほんのしばらくの間だけ座をはずしていただけませんでしょうか」

全く意外な逆襲だった。それをおっとりと邪気のない目をあげていうのである。

「あら、あたしだって桃さんに用があって来ているんですよ」

小鈴は、つんときて、そこいじ悪くにらみ返した。

「まあ、気のつかないことを申し上げました。では、わたくし、あとでもよろしいのでございますから」

すなおにほおをあからめて、百合がおとなしく立とうとすると、小鈴ははっとした。いじでそうはいったものの、桃太郎侍がどうとるだろう？ さっきあんな冷淡な顔を見せられたばかりである。このうえあいそうをつかされては立つ瀬がないと気がついたので、

「いいえ。じゃ、ここはあなたに譲りましょう。あたしはまた、いつでもこられるんですから。――ねえ、桃さん」

それでも何かやさしいことばをかけてくれはすまいかと、そっと顔色をうかがったが、桃太郎侍は無表情に天井をながめているのだ。

「ほんとにわがままばかり申し上げまして」

百合に送り出されて、外へ出ると小鈴はやっぱりくやしかった。たまらなく不安でもある。ちょうど伊之助が向こうから、ぶらりと、帰って来た。

「伊之さん、あれだれ？」

「あれって、だれだえ」

伊之助も人が悪い。真顔でそらとぼけるのだ。

「あのきれいなお腰元さ。まさか桃さんと何か訳のある女じゃないんでしょうね」

「さあ、知らねえなあ」

「おとぼけでない。ついでの時、あの娘によくそういっておくがいい。桃さんに変なまねをする女は坂東小鈴がきっと取り殺してやるってね」

その燃えるような執念の目を見て、さすがの伊之助もギョッとした。

「なにッ、若殿が毒殺された？」

思わず桃太郎侍は、フトンの上へすわり直った。

「いいえ、まだおなくなりあそばしたのではございませんけれど、ご危篤だと申すことでございます」

百合は暗然とうなだれる。……若殿新之助は明朝国もとへ悪人退治のため出発予定であったという。むろん、悪人の一味は江戸屋敷にもいると見なければならないので、この江戸出発はごく秘密に行なわれなければならぬ。

そこで、けさ、菩提寺である浅草の誓願寺へ、父讃岐守の病気平癒祈願と称して微行され、突然小梅の下屋敷へ一泊、そのままご風気でひきこもるていに見せておいて、明朝未明に腹心の十五騎でひそかに帰国の手はずであった。

それが、上屋敷を出る時までは元気であった若殿が、誓願寺に着いた時には顔面蒼白、驚いて一室へ運ぶまもなく吐血されて、それきり意識がないというのである。

「で、拙者にどうせよというのです」

「実は、父から急使がまいりまして、ぜひあなたさまを目だたぬよう小梅の下屋敷へお連れ申してくれ、若木家が立つか立たぬかの大事のせとぎわ、お目にかかりまして父からよくお話もし、おりいってお願いしたいことがあるのだから、必ずお出向きを願うよう、おまえからお頼みせよといいつけられました。……お願いでございます、どうぞ父伊織の苦しい立場をお察しくださいまして、お力添えくださいませ」

百合は必死に両手をつかえるのだ。

ここまで話を聞けば、桃太郎侍には伊織の頼みというのがほぼ想像がつく、……当主が病気のうえに、またまた若殿がご重態となれば、どうしても国もとの悪人どもの擁している万之助を家督に立てなければならない。しかも、場合によっては公儀の不審を受けないともかぎらないので伊織は今それを発表したくないのだ。さいわい自分が若殿に酷似しているところから、一時にせ若殿にこしらえて、あとの策を立てようというのだろう。

なるほど、さっき小鈴は、江戸のバカ殿はもう片づくと自信ありげにいっていたが、事実だったのだ。しかも、その片づけられたのは自分にとって血縁の兄である。さすがに桃太郎侍は激しい義憤をおぼえると同時に、冷酷悪魔のごとき力をもっている伊賀半九郎という者に対して、強い闘志を感ぜずにはいられなくなった。

「拙者に何ができるかしらんが、とにかく一度お父上に会ってみましょう」

「どうぞそうお願いいたします。どんなに父が喜ぶでございましょう」

「しかし、それほど才たけた悪人、ことによるとあなたは、もう、あとをつけられているかもしれんな」

一度覚悟がきまると、この男の頭はすぐ活動しだすのである。

「そうでございましょうか。わたくしずいぶん気をつけてまいったつもりでございますけど」

「いや、つけられていると見るのが本当だ。だいいち今ここにいた女、あれは不思議な因縁で、悪人とは知らずに悪人に一味している女です」

「まあ！　でも、よくご存じのかたなのでございましょう?」

百合の目に今までつつしんでいた感情がチラッと動く。

「伊之助！………伊之助！」

桃太郎侍は外へ呼んだ。伊之助は密談と見てさっきから家へははいらず、表で子どもたちを相手に話していたのだ。

「用ですか、だんな！」

「うむ。ちょっと表通りを見て来てくれ。あやしいやつがいるかもしれん」

「なあに、もうちゃんとさっきから調べてありまさあ。お嬢さんのお供の侍らしいのがふたり、浪人者らしいのが三人、みんな、てんでんばらばらに、それとなくにらみ合っています。こいつあめったに外へ出られませんぜ」

やっぱりサルはサルだけのことはある。

小梅の若木家下屋敷では、若殿が微行されるかもしれぬというので、朝から係りの者が足軽をつれて来て、そうじ万端、したくを整えて待っていた。が、昼ごろという予定が一刻過ぎてもお着きがない。

「だいぶおそいようだな」

下屋敷を預かる留守番北野善兵衛が、ブラリと門番小屋へ来て声をかけた。少しねこ背の分別臭い中年者である。

「ご苦労さまでございます」

門番中間（ちゅうげん）の森助が丁寧に、おじぎをしてわらった。

「まあ、一服おつけなすって」

「うむ」

「先ほどお出先からお使者があったようでございますな」

がっしりとたくましい森助が、手まめにタバコ盆や座ブトンを運んで、それとなく顔色をうかがう。見かけは柔和だが、時々油断のならぬずぶとさが、目の色にちらりと出る。

「うむ。若殿様慈海和尚の仏学のお話に興じられておいであそばすから、多少誓願寺お立ちが遅れるかもしれぬというご家老様からの使者であった」

善兵衛はいいながら、タバコ入れを取り出した。

「和尚の話じゃなくて、お経のほうじゃないんですかね、だんな」

「――」

「寺へ着くとすぐ血を吐いたってえじゃありませんか。そのまま冥土（めいど）のほうへお立ちあそばせば、こっちはしたくのほねおり損だが、お寺様じゃムダな手数が省けて坊主まるもうけでさ」

「これ、めったなことは口にするな。壁に耳のたとえがある」

善兵衛は用心深くあたりを見まわしながら、たしなめた。

「なあに、だいじょうぶですよ、だんな。あっしはあんまり詳しいことは知らねえが、江戸屋敷じゅう半分はもうお国もと様の味方だっていいますぜ。なにしろ、こっちにゃ半の字っていうすごい軍師が采配をふるっているんだ。お互いにこれからおもしろい世の中が見られまさ」

ニヤリと森助が笑う。

「――」

善兵衛はむっつりとタバコを吹かしていた。むろん、お国もと様いよいよお乗り出しとなれば森助のいうとおりだが、その曉、こんな下郎にまで秘密を握られていて、はたして事がうまくおさまるだろうか？　ふっとそんなことが不安になるのだ。しかも、伊賀半九郎という男は、自分の命令にそむいた者や、いいつけられた仕事に失敗した者をすでに二、三人、人知れず斬っているとも聞く。そのくらいの覚悟がなくては大きな仕事は成就するものではないと思うが――しかし、その冷酷な刃がいつ自分にも下らぬものではないと考えると、決していい気持ちではない。

「これこれ――」

かど口からふいに聞きなれぬさわやかな声に呼ばれて時が時、善兵衛はギクリと顔を上げた。

「わしは若殿付き小姓神島百合之助であるが、下屋敷留守番北野善兵衛という者はおるか」

ふさふさとした若衆まげ、水色羽二重のふりそで、十六、七でもあろうか、輝くような美少年が澄んだ目をりんと張って立ったのだ。

「はっ、てまえが北野善兵衛にございます」

「さようか。若殿様は、ほどなくこれへお成りあそばす。お居間のしたくを見ておくから案内するように」

「はっ」

もう一度顔を見直そうとすると、すぐ背後に立っていた若党ふうの、右の目のまわりにすごい青あざのあるたくましい男が、ジロリとこっちをにらんでいるので、善兵衛は何か胸の中を見透かされそうな気がして、あたふたと立ち上がった。

（吐血なされたと聞いたが――）

その若殿のおなりとは、どうもげせない。

「百合之助様、うまく運びましたな」

ひととおり居間々々の準備を見てまわって、離れの茶屋へ落ち着いた青あざの桃太郎侍は、善兵衛がいんぎんに引き下がって行くのを見て、炉をへだてた下座からねぎらうようにわらった。

悪人のしつような尾行の目から脱れるために百合が自分からいいだした男装である。桃太郎侍は少しとっぴすぎはしないかと思ったが、――伊織の娘百合が自分を案内して下屋敷へはいることは、絶対に敵に気どられてはならないのだ。そのとっぴすぎるのが、かえって敵の意表に出るかもしれないと思い直して、賛成したのである。

だいたいの話を聞かされた伊之助は、何か不安そうだったが、しいてたてを突くような男ではない。どこをどう飛びまわったか、すぐにふたりの衣装をそろえて来てくれた。

お俊を呼んで、さっそく着物の身丈（みたけ）を直させる。髪を切って若衆まげに結ぶ。胸乳へはさらしもめんを巻いて、衣装をつけた懐中へ懐紙を入れてそり身に立つと、スラリとした目のさめるような美少年ができあがった。

「まあ、お似合いですこと」

つつしみ深いお俊が、うっとりと見ほれたほどである。

その間に桃太郎侍は、高熱のあとでまだ少しからだはふらつくが、そんなことはいってはいられない。伊之助にてつだわせて若党の衣装をつけ、右の目のまわりへ青あざをこしらえさせた。

それだけのことを近所へ少しも知れないように、てっとり早く仕上げたのである。楽屋の苦労は相当なものであった。

まもなく、あと片づけはお俊に頼んで、伊之助は敵の見張りと味方の付け人がにらみ合っているという表から誓願寺の伊織のもとへ、ふたりは裏の抜け道から向島へ渡って無事にここまでこぎつけて来たのだが、――道々に外輪(そとわ)に、外輪にと肩を張って歩く百合のうしろ姿、知っている者には痛々しく、おかしくもあったが、当人にとってはたいていの気苦労ではなかったろう。

「あの、ずっと男になって見えたでしょうか」

百合はまだ胸を張って、両手をひざにきめながら、ピタリとすわっているのだ。

「おりっぱです。欲をいえばちと色が白すぎて、美少年すぎますかな」

桃太郎侍が改めて見まわすと、

「いやですわ、そうまじまじと、ご覧あそばしては」

思わず肩をすぼめて恥じらうのがすっかり女になって、顔にも姿にもいいようのないなまめかしさがにおいこぼれる。

「いかんいかん。まだ気を許すのは早い。屋敷じゅう皆敵と思っていなければなりません」

ながめながら桃太郎侍は、気のせいか、しめきってあるせまい茶屋の中に、ふっと異性のはだがこもるように思われたので、急いでぬれ縁の障子をあけはなした。

「どうかなさいましたか？」

「それもいけません。あなたは百合之助様、てまえは若党の桃助でございます」

「だって、もうほかにだれも――」

「なりません。お父上がお見えになるまでのごしんぼうでございます」

まっ四角にすわりなおされて、

「まあ、気づまりですこと」

百合之助になって胸を張りながら、目だけが女のまま甘えるようにチラッとにらむ。ふたりしか知らぬ秘密、それを持ったことが、むすめごころに何か楽しいらしい。

「おお、ご老人がみえられた」

庭の飛び石づたいに、神島伊織がただひとり秋日を浴びてゆっくりと歩いて来る。さし迫った、お家の大事を胸一つにたたんでいる苦衷をけぶりにも見せぬ温顔、さすがに若木家十万石の江戸屋敷を預かる人物だ。

「おとうさま、百合はお断わりもなく、こういう姿をいたしました」

ぬれ縁へ父を出迎えて、百合の百合之助はピタリと両手をつかえた。

「うむ」

すでに伊之助から聞いていたのだろう、伊織はジロリと娘の若衆姿を見まわしたが、

「ご苦労であった」

父の目にもりりしい男になって見えるのが満足だったらしく、うなずいて座敷へ上がる。

「桃太郎殿、突然ご足労をおかけ申した」

相対していんぎんに会釈する伊織。

「いや」

桃太郎侍は会釈を返して、じっと老人を凝視した。——この老人と会うのはこれが二度め、伊織にとって自分はうじも素性もわからぬ、いわば未知にもひとしい男である。大事を前にして、その自分をどこまで信用するか、それによって覚悟がきまるのだ。

伊織は端然とその凝視を見返しながら、

「実はかってながら、さし迫ってのお家の大事、御身を武士と見込んで、お願いしたい儀がござる。ご助力くださるまいか」

単刀直入に切りだした。

「お話によっては拙者も武士、いたずらに一命を惜しむ者ではございません」

「かたじけない。事情はだいたい百合からお聞き及びのことと存ずるが、お家の悪人をとり押え、お国もとにあらせられるご当主様ご安否を探り出さねばならぬ。若木家にとってはたいせつな若殿新之助様、かえって悪人どもにはかられ、今朝誓願寺にて吐血、ご重態です。申しわけなきわしの落ちど、これはいずれおわびいたさねばならぬが、さしあたって、許しがたきは悪人ども、若木家存亡のため、是が非でもとり押えねばならぬ。思案に余って思いついたのが御身のこと、――と申すのは、先夜お目にかかった時から不思議に存じていたのだが、御身は若君とウリ二つ、からだつき、こわねまでそっくりそのままでござる、今若殿ご重態と知られては一藩いよいよ騒動のもと、願わくば当分若殿のおみがわりとなって、この老人にご助力願いたいのだが、いかがでござろう」

容易ならざることを率直にひれきした老人のはらの底には、むろん、この場になって相手が見込み違いの男なら、生かして帰さぬだけの覚悟ができているのだろう。みつめて来る目に、しんちんたる気魄(きはく)が感じられるのだ。

「つまり、にせ若殿となって、悪人どもとたたかってくれといわれるのですな」

「ご迷惑ながら、ひとえに御身の義心と手腕に信頼したいのじゃ」

「若殿ご生死のお見込みは？」

「誓願寺の慈海和尚が、一命は必ず引き受けると申していてくれる。わしはそれを信じたい」

「拙者が、お身代わりになることを知っている者は？」

「われら親子と慈海和尚だけじゃ」

慈海和尚は当代の傑僧と聞いている。伊織はこの人に相談して、最後のはらをきめて来たのだろう。

「ご老人は拙者が多くの人の目をあざむいてにせ若殿になりきれるという自信があるのですか」

「むろんある。御身の覚悟一つで事はきまるのだ」

「しかし、万一不幸にして、中途、敵ににせ若殿ということが露見した場合は、たとえ忠義のためとはいえ、申しわけの道がありませんぞ」

「正義のために敵を討って、及ばずして、敗れる。それは天命だ。いさぎよく腹を切っておわびするまで——が、敗れてはならないのだ。是が非でも勝たなければならんのだ。たとえ死んでも、なおかつ勝たなければならぬわしのこの苦労、わかってもらえまいか」

桃太郎侍は目を閉じた。——いうべきことをいいつくして、静かにへんじを待つ伊織。その父の背後につつましく控えながら、百合の百合之助が美しいほおを紅潮させて、じっと、息をのんでいる。

「承知いたした」

桃太郎侍は涼しく目を見開いてうなずいた。――おのれの生命をかけて、いっかいの素浪人に大事を託そうとする老人の苦衷、ここまで信じてくれれば、事の成否は知らず、また男子の本懐ではないか。

まして、現在陰謀にさいなまれているのは、運命の皮肉から相見るを許されぬ人々とはいえ、自分にとっては父であり、兄であるのだ。今、くしくもその兄の身代わりとなって父を救う、寸毫（すんごう）も天地にはじるところはない。

「不肖、どこまで悪人とたたかえるか、一命にかけてお引き受けしましょう」

「お、引き受けてくださるか」

伊織の老いの目が、さすがに喜びを隠しきれず、一瞬サッと輝いた。百合はホッとして、思わずそこへ感謝の両手をつく。

「まあ、人事を尽くして天命をまつのですな」

一度覚悟がきまれば、何物にも動ずることのない桃太郎侍である。その迫らざるおおらかな風采（ふうさい）に、おのずと天稟（てんぴん）の気品が備わって、一諾千金の心強さを感じさせるのは、争われぬ素性とでもいおうか。

「かたじけない。人事を尽くすところに必ず天の加護はある――まず、これへ」

伊織はスルリと上座をすべった。一刻をも争う場合、即座に若殿になれというのであろう。桃太郎侍は請われるままに上座に直った。

「若殿新之助様には、悪人どもの意表に出るおぼしめしにて、ご変装のうえ、小姓神島百合之助とともに誓願寺からひそかにお下屋敷へはいられました」

伊織が用意しておいた筋書きを説明する。

「うむ」

「激しいお毒に当たってご吐血。さいわい、海和尚の秘法に救われましたが、なにぶんご病後、多少ご日常の言語動作におかわりあらせられても、決して逆らわぬよう、家来どもに申しつけます」

「よかろう」

「百合之助はてまえがあらたにおつけ申した小姓、これは他家に預けておきましたてまえの庶子でございます。お心おきなくお召し使いくださいますよう。多少、武芸も心得おります」

「――」

百合はあかくなりながら、改めてうやうやしく会釈する。

「なにぶん一家じゅう皆敵と見て出直さなければなりません。おいおい信用のできます者から選んでお相手に差し上げることにいたします」

「当分は物をいわぬほうが無事らしいな」

桃太郎侍はいたずらそうにわらった。

「まずその辺でございましょうか。もうそろそろ、誓願寺から供の者が着きます時分、百合、——お居間に着替えの用意がある。若殿にお召し替えを願うよう」

「ハッ」

百合の百合之助は心得ておも屋のほうへ立って行ったが、まもなく、ふろしき包みをささげるようにして戻って来た。

「おしたくができたら、お居間のほうへご案内申し上げるように」

伊織は縁の障子をたてきって、さがって行く。

「若様——」

いそいそと桃太郎侍の背後へ回って、髪にクシを入れながら、——主従なればこそ、思う人のそば近くに仕えられる喜びを、百合はそっと呼んでみた。

「これからは百合之助が、毎朝こうして、おぐしをおあげするのでございます」

「うむ。大名というものは、黙っていて用が足りるのだから、便利だな。そのかわり、うっかりすると毒を盛られる」

「いいえ、それも百合之助がおそば離れず、いちいちお毒みつかまつります」

「それは命がけだ。今のうちに、もとの女にかえったほうが無事ではないかな!」

「まあ! 百合はお国もとまでも若様のお供ができると喜んでおりますのに」

うらむような語気がつい女になって、百合はハッとあたりを見まわした。

「若殿のお供をする体を見せて、行列を下屋敷へ回せ」

神島伊織から密令をうけた杉田助之進、大西虎之助、上島新兵衛、橋本五郎太、進藤儀十郎の近習たち五人、——これはこんどの若殿帰国の供の中にも選ばれているいわゆる忠義派有為の人々だが、誓願寺からからかごを守って意気しょうちん、思い思いにお家の前途を案じながら小梅の下屋敷へ着いたのは、やがて夕暮れ近かった。

そこで五人は奥の間へ呼ばれ、伊織から意外な事実を聞かされたのである。吐血してご重態、誓願寺の一室にひそかに慈海和尚の看護をうけているとばかり思い込んでいた若殿が、悪人どもの意表に出て、ご微行、すでに先着されているというのである。

「では、ご家老、あんなにご吐血あそばして、それでも若殿にはお変わりなくいらせられたのですか？」

日ごろは分別者といわれているむっつり屋の上島新兵衛が、思わずひざを乗り出した。

「うむ。天の加護とでも申そうか、さいわい慈海和尚の手当がまにあったので、大事が小事ですんだのだ」

伊織は静かに五人の顔を見比べている。

「それでは、われわれども、すぐにお目通りできましょうか？」

小太りにふとった、まるっこい童顔の杉田助之進が、目を輝かす。早くご無事な顔が見たい、それはだれの心も同じであったに違いない。

「ご家老、ぜひごきげん伺いさせてください」

のっぽで感情家の大西虎之助がつめ寄る。

「まあ待て。ご元気とは申しても、なにぶんあれだけのことのあったあと、若殿にはだいぶお疲れのご様子にて、今お茶室にご休息あらせられる。それに、多少ご興奮のていにて、家来一同を疑いおそれていられるようにも見受けられるから、いずれお呼び出しのあるのを待つほうがよかろうと思う」

「すると、われわれにまでご疑念をお持ちあそばしていられるのでしょうか」

国もとから密使に選ばれて出府し、そのままおそばに仕えることになった進藤儀十郎が、ちょっと無念そうな顔をした。

「いや、この五人は特別である。が、悪人どもの毒手は、意外なところまで伸びていると見なければならぬ。じゅうぶん気をつけて、控えていてくれるように」

伊織は念を押して、さっさと茶室のほうへ引き取って行った。

「ご無理もない。足もとへ火がついたのだからな」

「いったい、けさの毒は何がはいっていたのだろう」

一同は暗然として顔を見合わせた。

(どうもおかしい)

それとなく座を立った儀十郎は、何か心に解けぬものを感じた。——あんなに吐血した若殿が、いかに名僧知識の介抱でも、そうすぐなおるというのは不思議だ。あるいは伊織のはら一つで一時のがれに事実いない若殿を、茶室にいるかのように味方までいっぱいくわせているのではあるまいか？　ほんとうに無事でいるものなら、忠義派ともかくされている自分たちまで疑って、目通りを許さぬということはあるまい。

「進藤さん」

玄関から庭へ出ると、用ありげに追って来たねこぜの北野善兵衛が、肩をならべながらあたりを見まわした。

「あのおかごには、ほんとうに若殿が乗っていたんですか？」

「いや、あれはからかごだ。しかしご家老は、若殿がご微行で先に茶室へ着いていると申している。だれかそれらしい人物が門を通ったか？」

「いいえ、神島百合之助とかいう女にしたいような小姓が、ご準備を見回りに来たというて、先ほど若党をつれて茶室へはいりましたが」

「ふうむ」

儀十郎の目がチラリと光った。

「まあ、おりっぱな若殿様――」

すっかり着替えをすまして座についた桃太郎侍を、百合の百合之助はうっとりどながめながら感嘆した。偶然にも、病後の桃太郎侍は少しやつれて、若殿新之助と寸分たがわぬ人柄に見えたのである。

「馬子にも衣装と申すからな」

「いいえ、衣装がなくても、りっぱな若殿でございます」

おうようなうちにも、どこかりんと引き締まった鋭い気魄のほの見えるのが、百合には若殿以上にも見えて、世にもたのもしく好ましく、この若君とならば、いつでも喜んで水火の中へ飛び込めると思うのだ。

「そちは強い若殿びいきとみえる」

「はい、ですから、お国もとへでも、どこへでも、お供つかまつります」

「さあ、それができようかな」

ふたごの弟である自分が、兄の身代わりになってにせ若殿にばけおおせるのは、そう困難な仕事ではないが、あまり苦労というものを知らぬらしい百合が、どこまで百合之助で通せるか、——敵中に飛び込んで行く苦難の道中だけに、これは考えものである。

「馬にも果らねばならんし、夜旅もかけねばなるまい。百合之助として、からだがつづくかどうか」

百合之助になりきろうとして当人、努めて肩ひじ張っているが、ともすれば女になりたがる百合の目をみつめながら、桃太郎侍は笑った。

「いいえ、だいじょうぶでございます。百合は武術のおけいこもいたしましたし、馬にだって乗れます。そんなにわたくし弱く見えるのでございましょうか」

「それ、その目がもう女だ」

「それはここだけでございますわ。若様はちゃんとご存じなのですもの、なんですかおもはゆくて、わたくし——」

とうとうまた百合になってしまった。

「困ったお小姓だな」

ふたりきりになると、顔にもからだにもおおうべくもない思慕の情を見せる百合である。桃太郎侍は苦笑せざるをえなかった。

「おお、これは！」

静かにはいって来た伊織が、にせ若殿ぶりを一目見るなり、驚嘆の目をみはった。

「おとうさま、いかがでございます」

百合の百合之助が、得意そうにすわり直る。

「うむ。おみごとな若殿ぶり——」

「伊織、一か八か近習どもに目通り許そうか」

化けるのにはいちばん危険な近習ども、これにさえ見破られなければ、まず、にせ若殿万歳ということになるのだ。

「よろしゅうございましょう。てまえはなるべく夜になってからと存じ、ご疲労とひろうしておきましたが——それでは、ひととおり近習どもの人物を申し上げておきましょう」

が、くわしく聞いている暇はなかった。

「ご家老、申し上げます」

ぬれ縁の外から、あわただしく呼ぶ声がするのだ。

「だれじゃ。——上島新兵衛か?」

「はい。ただいま国もとより急使と申しまして、伊賀半九郎なる者到着、若殿様にじきじきお目通りつかまつりたいと申しておりますが、いかが取り計らいましょう」

「百合之助、その障子をあけよ」

桃太郎侍がいいつけた。

「ハッ」

ぬれ縁の障子が左右に開く。

「アッ、若殿！」

けさにかわらぬ若君が、毅然（きぜん）とそこに着座しているのを見て、新兵衛は、ハッとくつぬぎの上へ平伏してしまった。

「一同、さだめて心痛いたしたであろうのう」

「ハッ、ご無事のご尊顔を拝し、恐悦に、恐悦に存じたてまつり――」

疑うどころか、狂喜せんばかりに感激して――それだけに、この者たちは、どんなにか主君の身を案じているのだろうと思うと、かえって桃太郎侍のほうが強く胸をうたれてしまった。

「新兵衛、このたびは容易ならざる悪人どもの隠謀、今朝のようなこともある、わしは今後とも、そのほうどもを唯一の力と頼むぞ」

聞いている伊織や百合之助さえ本当の若殿の声かとばかり、桃太郎侍のにせ若殿ぶりは堂々と板についているのだ。

「もったいなき御意、誓って新兵衛、身命をなげうってご奉公つかまつります」

新兵衛はじっと若殿を見上げた。これは決して悪人ではない。まず、第一の味方ができたのだ。

「伊織、国もとから急使と名のる伊賀半九郎、どんな男か？」

「さあ、聞いたことのない名でございます。近ごろの新参者でもありましょうか」

伊織はまゆをひそめる。

「すると、まず悪人と見てかかるほうがいいな」

口ではいったが桃太郎侍、伊賀半九郎の名は小鈴からたびたび聞かされている。こいつが隠謀派江戸の総大将なのだ。人物とは聞いているが、はたしてどんな男か、——大将みずから出馬して来たのは、けさの毒殺に自信があるので、その若殿が下屋敷へはいったことに疑問をいだき、正面から様子を見に来たのに違いない。

「とにかく、会ってつかわそう。新兵衛、書院へ通しておけ」

「ハッ」

新兵衛は勇んでさがって行った。

「伊織、敵にも味方にも一幕、大しばいになりそうだな」

桃太郎侍は声を落としてわらった。こうなれば知恵くらべだ。

「しかし、伊賀半九郎と申す者、どういう者か、一応てまえがためしたほうがよろしくはないでしょうか」

老人は老人らしい分別をする。

「いや、敵は若殿が誓願寺から下屋敷へはいったと聞いて、様子を見に来たのだ。いきなり出て行って驚かしてやろう。味方の者の安心にもなることだ」

「なるほど、それも一策でございましょうか」

まだ明るい夕方であった。書院の左右に近習が数名、中央に国もとの急使と名のる伊賀半九郎がひかえ、――伊織の案内で、百合之助を従えた桃太郎侍がつかつかと座に着くと、いずれもハッとその場へ平伏した。

「国もとからの使者大儀、おもてをあげよ」

「ハッ、若殿にはごきげんの体を拝し、恐悦に存じたてまつります。てまえ儀は国もとにて物頭役をつとめまする伊賀半九郎、なにとぞお見知りおきくださいますよう」

ヌッと恐れげもなく頭を上げた。三十四、五歳、まゆ太く苦味走ったあっぱれ不敵な面貌である。

「聞かぬ名だが、そちは新参か」

なにげなく桃太郎侍がきく。

「ハッ、このたび国家老鷲塚主膳のご推挙にてご奉公つかまつりましてございます」

案にたがわず大胆不敵なやつだ。いわば敵の中へ飛び込んで来て、堂々と奸物（かんぶつ）の巨頭の名を口にする。近習思わず敵意の目を光らせたが、半九郎はどこを風が吹くかといわぬばかりに、うそぶいている。

「ああ、そちも主膳の推挙か。主膳は近来だいぶ新参者を推挙していると聞いたが」

桃太郎侍も負けてはいなかった。――はたして、半九郎がぶしつけな目をじっと向ける。おっとりとはしているが、バカ殿ではいえぬ一言だ。が表面至極いんぎんに、

「ハッ。いずれもお家にとりまして、役にたつ者ばかりでございます」

あくまで人をくった返事である。

「すると、きょうそちの急使は、やはり主膳からか？」

「ご賢察のほど恐れ入ります」

「よし、使者のおもむき聞こう」

「極秘でございますれば、なにとぞ、お人払いの儀を！」

半九郎はいじわるく目で笑って見せるのだ。

いわば悪人からの使者、人払いをすれば一挙に相手を刺さぬともかぎらぬ。おそらく人払いはできまい、それが半九郎のつけめであった。

半九郎はただ国もとの急使といつわって、けさの毒の結果を見に来たので、——一味にどういう手違いがあったか、現在かくして無事な若殿に会った以上、これは失敗と見なければならぬ。もうここには用はないのだ。

その半九郎の胸中を、桃太郎侍はちゃんと見抜いていたので、

「一同、しばらく遠慮せい」

わざと、いじわるく出た。

「あ、若殿その儀は、ちと」

意外なことばに色をなした近習たち、けさのことがあったばかりだから無理はない。

が、桃太郎侍はおうように、

「よい、よい」

伊織に目くばせした。

「御意であるぞ。一同遠慮しますよう」

早くも読んで伊織が先に立ち上がったのだ。一同はこれにならうよりほかなかった。

広い書院にふたりきりとなった好敵手。

「半九郎、極秘となれば、他聞（たぶん）をはばかるであろう。——許す、遠慮なく進め」

桃太郎侍はすかさず先手を打った。

「ハッ」

まかりまちがえば刺客にかわるかもしれぬ使者に、これはまた大胆千万。——さすがの半九郎もいささか気をのまれた形で、ちょっと若殿をみつめていたが、むろん悪びれるような男ではないから、スルスルと間近く膝行（しっこう）する。

「使者のおもむき聞こう」

「ハッ、遠慮なく申し上げます。恐れ入った儀でござりまするが、——このたび大殿様の御意にて、若殿には、なにとぞご隠居くださるよう、主膳よりの懇願にござります」

ぬけぬけといってのける半九郎だ。

「ほう、それはまたなにゆえじゃ」

「大殿にはお国もとの若君万之助様にご家督をおゆずりあそばされたき御意と承りましてございます」

「たしかにお父上の御意に相違ないか」

「さように承っております」

「それを主膳はそちに、まず毒を盛ってみてきかぬ節は隠居の懇願をせいとさしずしたのか」

「――」

キラリと半九郎は一瞬目を光らしたが、

「その若殿のご気性、万一不意にお国もとへご微行のようなことでもありましては、いよいよ騒動のもと、お家のためにはかえられぬと覚悟いたしました者が、ほかにもあるのではございますまいか」

暗に主膳をかばって、それにおのれのさしずだといわぬばかりのつら魂。――なるほど、悪人ながらあっぱれなやつだと、桃太郎侍は感心した。

「さようか。そちの申したとおり、主膳の推挙した者はよほど物の役にたつ者とみえるのう」

「おほめいただきまして、恐縮に存じたてまつります。失礼ながら、てまえも、若殿のご天稟(てんぴん)、敬服つかまつりましてございます」

「向こうにまわして不足はないと申すのだな。ハハハ、ほめられてわしも満足。――いずれ国もとでまた会うこともあろう。返事はじきじき主膳に申し聞ける。使者、大儀であった」

「ハッ。それでは、ご道中じゅうぶんお気をつけあそばしますよう。今日はこれにておいとまつかまつります」

丁重に両手をつかえたが、ふと思い出したように、

「あ、申し忘れましたが、土地不案内とのご懸念にて、帰途見送りの者などいただきましては分に過ぎまするゆえ、つつしんでご辞退つかまつりおきまする」

尾行などつけてもムダだというのだろう、あくまでも人をくった男である。

「若殿、主膳めからの使者のおもむき、何とござりましたろうか？」

伊賀半九郎が去ると、お召しを待ちかねて座についた近習たちの中から、まるっこい杉田助之進がムックリ顔を上げた。これがいちばんせっかちらしい。小ダルマに似て、ちょっとひょうきんな目玉が純情そのもののように輝いている。

「いや、たあいもないこと、わしに隠居をすすめに来たのじゃ」

桃太郎侍はこともなげにわらっていた。

「何と仰せられます、無、無礼なやつ！」

のっぽの大西虎之助が、精悍（せいかん）そうなつらがまえをして、

「若殿、てまえにきゃつの討っ手をおおせつけてくださりませ」

グイとひざを乗り出した。

「いかん、虎之助、横から、口を出すやつがあるか。――若殿、そ、その討っ手は助之進がつかまつります。まだ遠くはまいりますまい」

これはもう、いきなり立ち上がろうとする。自分から討っ手を買うくらいだから、ふたりとも相当腕まえには自信があるのだろう。その腕まえより、桃太郎侍には一本気なこの人たちの気性がうれしかった。

「待て、両人」

止めておいて、桃太郎侍はジロリと橋本五郎太、進藤儀十郎のほうへ目をやる。

「五郎太」

「ハッ」

「儀十郎」

「ハッ」

「そのほうどもは最近国もとよりまいった者、あの伊賀半九郎という者を存じおるか？」

このふたりは胴巻きごと密書を抜かれたといって、天王橋で代地の小鈴につかみかかっていたいなか侍だ。桃太郎侍はさっきから目をつけていたのである。

「五郎太申し上げます。てまえはこれなる進藤より半月ほど早く国もとを出発つかまつりましたが、そのおりにはまだ名さえ聞いておりません。ごく最近一味に加わった者ではないかと思われます」

まっ四角に両手をついて答えるのである。背後から小鈴をはがいじめにしたのはいいが、どうやら人違いとわかりかけると、群衆の手前、始末に困って絞め落とそうとした武骨者だ。

「儀十郎申し上げます。てまえは橋本より半月おそく、むろん、五郎太儀が出府したとは知らず国もとをたちましたが、てまえも、いっこうにあの者は存じません。もっとも主膳儀は、城下町に多くの浪人者を手なずけて養いおくそうでございますから、あるいは、てまえどもの目にふれずにいたのかもしれません」

如才ない返事だが、これはみごとに小鈴の色仕掛けにひっかかって胴巻きを抜かれているのだ。あまり頼りになる男ではない。

「さようか」

桃太郎侍は、色にも出さず、おうようにうなずいたが、

「そちたち両人に申しつける。伊賀半九郎なる者はみずから主膳の推挙と名のるほどの男、さだめし陰謀派にあって、相当重きをなす不敵者であろう。いずこに宿をとっておるか、あとをつけてみよ。ただし、無用の手出しをしてはならんぞ。そっと宿をつきとめて、ひとりは見張りに残り、ひとりはただちに戻って伊織に知らせよ。両人を見込んで、しかと頼むぞ」

ねぎらうように申しつけるのだ。

「ハッ、心得ましてございます」

言下に感激して立ち上がる五郎太と儀十郎。

「若殿、おことばではございますが、両人はまだ江戸の土地不案内――」

不服そうに小ダルマの助之進がふたりのうしろ姿を見送りながらいいかかるのを、

「ひかえよ、助之進」

珍しく桃太郎侍が鋭くしかった。

「助之進――！」

急に桃太郎侍の語気が親しみ深く変わった。

「ハッ」

「そちはあの両人に大役をいいつけたのが不服そうだが、よく考えてみよ、そちにはあの役は不向きじゃ」

「なぜでございましょう、若殿。てまえの腕まえが未熟とでも仰せられるのでございますか」

小ダルマの杉田助之進、こんどは目をクルクルさせて無念そうな顔をした。正直いちずだから感情を抑制することができない。

「それみよ。そちは伊賀半九郎をそのとおり斬りたがっておる。斬りたがっておる者にただ尾行せよと申しつけたとて、必ず事を構えて、けんかに出るにきまっておる。どうだな」

「御意」

なるほどというように、小ダルマは、小首をかしげた。

「虎之助、そちもその組であろう」

「ハッ」

のっぽで精悍（せいかん）な大西虎之助が、思わず首を縮めた。

「悪を憎んでやまぬそのほうたち、わしはうれしく思う。たのもしく思う。一藩の者皆が、そちたちのような人であってくれたら、かかる不祥事は起こるまい」

「――」

一同は暗然とうなだれてしまった。

「両人、わかったであろうな」

「ハッ」

「いずれそちたちの力を借りて、悪人どもを一挙に討たねばならぬ。討つには討つような策をたててからでなければ、かえって敵に乗ぜられるおそれがあるのだ。兵法にも、まず敵を知るということがある。軽挙をつつしんで時を待つのじゃ。よいな」

寛容のうちにおのずと凜然(りんぜん)たる気魄(きはく)があふれて、一言よく人の心をつかむ桃太郎侍のにせ若殿ぶり。

「若殿、助之進め、助之進め浅慮にして御意にさからいたてまつり――」

感情家の小ダルマが、まず声をつまらせて平伏する。

「よい、よい。戦いはこれからじゃ。皆の者、力を合わせて勇ましくたたかおうぞ」

「ハッ、てまえども、若殿のおさしずにて、誓って身命をなげうちまする」

「過分である。頼みに思うぞ」

桃太郎侍はすっと立ち上がった。

「伊織、百合之助まいれ」

「ハッ」

あとにつづきながら、――少しできすぎる。若殿も決して凡庸(ぼんよう)のたちではないが、これだけ人をひきつける力はない。このわしでさえ命がささげたくなると、伊織はたのもしくもあり、満足でもあり、今は少しく不安にさえなったくらいである。万一、こういう人物に妙な野心でも起こされると、それこそ若木家を乗っとられてしまうだろうと思ったのだ。

「百合之助」

居間へはいると、桃太郎侍はすわるなり呼んだ。

「はい」

星のような目がほれぼれと前へ両手をつく。みごとな今の若殿ぶり、それが自分の若殿だと思うと、百合はうれしくてたまらないのだ。つい見上げる目が、自分へだけの愛のしるしを求めたくなって――。

が、桃太郎侍はそれどころでなかった。

「ふすまのあたりを気をつけているように」

事務的にいいつけるのだ。

「はい」

百合の百合之助は寂しそうに立って行く。

「伊織、聞きたいことがある」

「ハッ、何なりと」

「進藤儀十郎という者は、国もとのだれからの使者だったのだ」

「進藤は国もと城代家老右田外記から、てまえあての密書を持ってまいった者でございます」

なぜ？――というように、伊織は桃太郎侍の顔を見上げた。

「どういう文面であった」

「国もとの陰謀の様子を述べて、――なにぶん悪人どもは大殿を手に入れて跋扈(ばっこ)しているので押えようがない。至急若殿お乗り出しを待つほかはないという書状でございました」

「さようか」

その書状が伊織の手にはいったというのが、一つの疑問なのだ。儀十郎は小鈴のために、その密書は品川の宿で抜かれているはずである。どうしてそれを取り返したろう。

「橋本五郎太はだれの使者だ」

「これは国もとの名門で番頭役をつとめております萩原忠左衛門と申す者からの書状で、文面は外記同様の意見を述べたものでございます」

「うむ」

「御意なれば、取り寄せましょうか」

何か考えているような桃太郎侍の様子を見て伊織はうっかり心から若殿と呼んでいる。それだけいつの間にか桃太郎侍の頭と腕を信じ、たよっているのだ。われながら不思議な気がした。

「いや、それはあとでよい」

桃太郎侍はじっと伏し目になった。深く物を思案する時の癖の一つである。――五郎太のほうはどうかわからぬが、儀十郎には、注意せねばならぬ。ふたりに伊賀半九郎のあとをつけさせたのは、――半九郎ほどの男が尾行を知らずに、のめのめと本拠を突き止められるような愚をふむはずはなく、むしろふたりの人物をためしたかったのだ。はじめから期待はかけていないのだから、それはそれでいい。

が、自分がにせ若殿役を引き受けた目的は、一日も早く国もとへ乗り込んで、主膳一派を倒すにあるのだ。それには、どうしても伊賀半九郎の正体をつかんで、陰謀派江戸組の勢力を知っておかなくてはならぬ。ただ知るだけでなく、できるならこれを倒して行きたいのだ。

（さて、だれだろう、うまく半九郎の正体をつかみうる者は？）

サルの伊之助、——それよりないと桃太郎侍は思った。ほかに、小鈴があるにはある。が、女を道具に使うのは男のすることでないし、だいいち、小鈴は苦手だ、頼めば水火も辞さぬ女とわかっているだけに、頼むからにはその心をいれてやらなければならないのである。

「伊織、そちは、今夜下屋敷へ泊まるのであろうな」

「はい」

「ぜひ、そうしてくれ。若殿は急に不快になったので、今夜はだれにも会わぬことにする」

「——？」

「わしはちょっと外へ出たいのだ」

「外へ？」

「うむ。おそくも九つ（十二時）までには戻って来る」

「それはちと無謀――」

伊織は顔色を変えた。むろん出るには出るだけの思慮があるのだろうが、もうこの下屋敷は悪人どもの監視の目に包囲されていると見なければならぬ。このうえ、桃太郎侍に万一まちがいでもあったら、それこそ立つ瀬がない。

「ご用なればなんなりと家来どもに――」

「いや、ほかの者では足りぬ。一日も早く江戸をたたねばならん事態にあるのだ。少しぐらいの冒険はしかたあるまい。任せておいてくれ」

「では、だれか供の者を――」

「青あざの若党になって行くのだ。若党に供はつくまい。――百合之助、まいれ」

いいだしたら聞かぬ桃太郎侍である。さっさと立ってもう庭へ出る。茶室へ行くのだ。何のことはない、茶室は桃太郎侍の楽屋になってしまった。

火花

「すると、神島百合之助という小姓が青あざの若党をつれて第一につき、次に伊織、最後が行列という順だな」

若殿の御前を退いた伊賀半九郎は、門のほうへゆっくり歩きながら、見送って来る北野善兵衛に顔は動かさずにきいた。

「はい」

ねこぜの善兵衛はまえかがみに、目だけ八方へ配っている。すでに若殿がはいって警戒厳重な下屋敷、うっかり人にあやしいと見られたら、それこそ命がないのだ。

「伊織の供は？」

「若侍ふたり、若党、中間――」

「行列はたしかにからかごだったのか」

「進藤さんがそう申しています」

「――」

しかも、その若殿がちゃんといたではないか、会っておいてよかった。バカ殿どころか、頭といい度胸といい、考えていたよりはるかに恐るべき人物だ。今までは、少し甘く見すぎていたのである。腹をしめて、出直さなければならないのだ。

「裏門はどうなっている？」

「てまえがカギを預かっていますから、絶対に出入りはできません」

「では、伊織がつれて来た若侍ふたりのうちのどっちかだな」

「はい」

「青あざの若党というのも油断ができん」

「はい」

三人の中のひとりが若殿だったに違いないと、半九郎は推察するのだ。が、今さらその事実をたしかめたところで、あとの祭りだ。

「神島百合之助というのは、伊織のせがれか？」

「はい。どこかへ預けておいたせがれだと、これも進藤さんの話です」

「娘が百合で、せがれが百合之助――」

疑えば疑える。いずれにせよ、半九郎の目的は当の若殿新之助を直接葬るか、伊織をのぞいて江戸の藩政を乗っ取り、しかるうえに国もとの万之助君をご家督に立てるにあるのだ。まかりまちがっても、若殿を国入りさせるがごときは半九郎の恥辱である。

「せがれであっても、娘であってもかまわん。進藤と打ち合わせて、その百合之助を一刻も早く例の穴へ落としてしまえ。――あした一杯と日をきろう」

「はい」

善兵衛の顔が、うつむいてはいるが、うなじまで青くなった。

「第二、敵の外出には必要のあるかぎり尾行をつけると同時に報告すること。若殿、伊織、百合之助はいわずもがな、――伊織のつれて来た若侍ふたり、青あざの若党には特に気をつけろよ。わしのいるところは、当分船だ」

「ハッ」

すでに門に近く、いいつけるだけいいつけてしまうと、半九郎は例の不敵なつら構えを冷然と取り澄まして、もう口はきかないのだ。

「――」

中間森助が門番小屋の前へ飛び出して、丁重におじぎをした。

「森助——」

半九郎を見送ったねこぜの善兵衛が、それとなくあたりをうかがいながら、緊張したまなざしを向けた。

「如才もあるまいが、外出の者に注意して、例のとおりだぞ。当分は船だそうだ」

「それから——?」

ただならぬ善兵衛の顔色に——まだ何かあるだろうというように森助が人をくった悪党づらを上げた時、玄関のほうから進藤儀十郎と橋本五郎太が、あたふたと小走りに出て来た。

そのころ、——茶室では桃太郎侍が百合之助を相手に、早替わりのさいちゅうである。

「なるほど、自分でこうやってみると、役者というものも楽ではないな」

鏡に向かってつぶやきながら、桃太郎侍はせっせと青ずみで青あざをつくっているのだ。

「さあ、どうやら化けたぞ」

すでにまげを直し、着替えをすまして右の目のまわりに青あざのできた桃太郎侍が、にこりとしてふり向くと、——これが今までの気品高い若殿かと見違えるばかり、目の光からからだつきまで、平凡な若党になっている。

「まあ！」

物思いに沈みがちに若殿の衣装をたたんでいた百合の百合之助が見上げて、世にも悲しそうな顔をした。——女心の、恋する人にこんな姿は、なるべくしてもらいたくないのである。

「百合之助様、これなら、だれが見ても若党でございましょう」

桃太郎侍は得意そうだった。

「あの、百合はお供をさせていただきます」

わざと目を避けるように百合がいった。

「おや、お小姓が若党のお供ですかな」

「ですから、さっきのようにしていれば——」

「そうはまいりません。あなたさまには別に、たいせつなお役をつとめてもらわなければならないのです」

下座に直りながら、桃太郎侍はいうのだ。

「――？」

「この青あざの若党は、さっき下屋敷へはいったきりで姿を消している。一度はどうしても堂々と表門から出て行く必要があるのです。こんどはいる時は人目につかぬよう、裏から忍び込むのです。それには、裏門をそっとあけてくれる人がいります」

「百合でなくてはいけないのでございますか」

「あなたよりほかに、ないではありませんか」

そういわれるのはうれしい。――が、さっき父伊織が、

（掌中の珠をとられるような気がする）

と、不安そうにつぶやいていたが、百合にとっては、しばらくでも別れることは、もっと悲しく不安なのだ。

「いつお帰りになりますの？」

「正九つ（十二時）」

「どちらへお出かけになるのでしょう？」

「とにかく、一度お化け長屋の寓居へ帰ってからのことです」

当然なことではありながら、百合はハッとした。

「――！」

「あの、あのかたが、あのかたがお見えになる約束でございましたのね」

小鈴のことをさすのだ。さすがにパッとあかくなりながら、嫉妬にも似た熱いまなざしを、おおうべくもない。

「さあ、気まぐれな女だから、どうするかわからんが、来れば好つごうですな。あれは敵方の女だ、意外な話が聞けるかもしれぬ」

さりげなくいいながら、桃太郎侍はきっとなって、

「日の暮れぬうちに、ひととおり裏門の様子を見ておく必要がある。お供しましょう」

「はい」

「百合之助様にならなければいけません。てまえは若党桃助、ご家老のいいつけで、用心のためお庭見分という名目です」

「あの、どうぞお気をつけあそばして」

外へ出てはいえないことばである。百合は両手をつかえて、いっぱい目に涙をうかべていた。長い別れでもするかのように――。

「なに、拙者はだいじょうぶだ。九つといえば真夜中、むろん夜番は絶えず回っているだろうが、どんな裏切り者がいないものでもない。あなたこそじゅうぶん気をつけなければいけません」

「はい」

急いで涙をふいているのを、桃太郎侍はわざと見ぬふりをして庭へ降りた。暮れるに近い秋の日が、やがてたそがれようとしている。

「百合之助様、おぞうりをそろえましてございます」

小梅の下屋敷は、西に常泉寺という寺一つ隔てて水戸家の大きな下屋敷とならび、南面は隅田川へおちる小梅堀、——水戸様の下屋敷に沿っているから水戸堀ともいう。塀ぞい二万坪の地で、茶室の庭を出ると裏手に深い竹やぶにつつまれた大池がある。裏門はその竹やぶを通って、池の土を盛ってこしらえたという、つき山の林をぬけた塀ぞいの東になるのだ。

「これはちと無理ですな」

青あざの桃太郎侍は、忍びよるたそがれの色に、水さびて静まりかえる池の面をながめながら、思わずつぶやいた。屋敷うちとはいえ、思ったより深い竹やぶ、これを深夜に近いころ、娘の百合之助にただひとり、裏門まで迎えに来させるのは、どうかと不安を感じたのである。

いや、あとになって思い合わせてみると、ただに竹やぶが深いから、というばかりではなかったのだ。一目その古池にも似た池のどんよりした水の色を見た時、人間に予感というものがあるならば、たしかに妙な不吉を感じさせられたのである。

「なんでございます」

物思いにとざされて歩いていた百合の百合之助が、青くすきとおる顔をふり返ってきいた。

「いや、思ったより深い裏庭、ここをおひとりではどうであろうかと、ちょっと、不安になりましてな」

「だいじょうぶですわ」

あたりを見まわして、そっとわらった。人目がないとわかると、どうしても男にはなりきれない百合である。――なんといっても気ままにされて来たお嬢様育ち、そう口やかましくいってもと、このところ桃太郎侍のほうが、ちょっと負けた形だ。

「お寂しくはありませんか。今はまだ明るいが夜半になるのだ、ここでは少しぐらい声をたてても、おも屋へはとどくまいし」

「いいえ、百合も、少しぐらいの心得はございます。それに、若様のお役にたつのでございますもの」

「そうでございましたな。これはてまえの取り越し苦労。百合之助様の腕まえに信頼いたしましょう」

いまさらそれよりしかたがない。どの道、多少の冒険はお互いに覚悟の前、無理を承知で乗りかかった船なのだ。

竹がつきると、小道はだらだらのぼりのつき山の林になって、クマザサが、一面におい しげっている。その木の下やみ、――油断のない桃太郎侍は、前方右の林の中に、ちらっと人影らしい動きを見てとった。

「百合之助様、お気をつけなされませ。なにものか、こっちをうかがっているようでございます」

そっと注意すると、

「どこに――？」

急に緊張して百合之助がきく。

「前のほう、右手の林の中、今木の陰に身を隠しました。知らん顔をしてお進みなさいませ」

隠れるのがあやしいと思った。だれか警護のための見回りなら、こっちは堂々と歩いている小姓と若党、隠れる必要はない。そのあたりへさしかかったら、いきなり林へ飛び込んで捕えてやろうと、桃太郎侍はとっさに意を決した。

が、こっちの様子で、相手はすぐ見つけられたと気がついたらしい。不敵にもガサガサとクマザサをわけて、こみちのほうへ出て来た。

門番中間（ちゅうげん）森助である。

「お見まわりでございますか、百合之助様、ご苦労さまでございます」

両手を道ばた近いクマザサの中へついて、笑いながらじっと百合の顔を見上げる目の鋭さ！

「進藤。こりゃ大役だぞ」

橋本五郎太が息づまるようにつぶやいた。ちょうど水戸の下屋敷の土塀つづき、左手は水戸堀を越して町家にはもうチラチラと灯のはいった家もある。二十間ばかり前方を、伊賀半九郎が尾行されていると知るや、知らずやふりむきもせず、ゆうぜんと歩いて行く。

「ふりかえられたら、いっぺんで露見してしまうからな」

「なに、さいわい、このたそがれどき、そう遠目はきくまい。それより、見失っては一大事。もっと近づこうではないか」

大胆にも進藤儀十郎はグングン距離を縮めようとするのだ。

「いかん、進藤。それは危険だ！」

「貴公、こわいのか？　万一露見した場合は、どうせ憎むべきお家の奸物、しかも、ふたりにひとりだ、これでいけばいいではないか」

進藤は肩を張って丁と柄頭をたたいた。——品川で美しい百姓女に密書を抜かれて以来、非常に用心深くなっているかれにしては、珍しい大胆ぶりである。

「こわいかとは何だ、武士に向かって！　いかに親しい友人でも、少し口が過ぎるぞ」

正直な橋本は、むっとしたように、くってかかった。

「だから、いざとなったらふたりにひとり——」

「それはいかん。われわれの役目は、あいつの宿をつきとめればいいのだ。若殿の仰せつけにも、決して無用の手出しをしてはならんと、あったではないか」

「しかし、万一露見した場合は、しかたあるまい。大事をとって見失ってしまうより、おれはもっと強行手段をとりたいのだ」

一日の仕事を終えて家路を急ぐ小商人、職人など、絶えてはつづく人通りが、いずれも、口争いをして行くふたりを、けげんそうにながめて、そっと道をよけて行く。知らず知らず声が高くなっていたのだ。

「アッ、左へ切れた」

左は源兵衛橋を渡って、まもなく吾妻橋（あづまばし）へ出るのだ。——橋にかかってふり向かれたら、こっちは一目だ。さすがにふたりは口をつぐんで、なるべく土塀寄りに、ならば溶けこんでしまいたい心である。

が、半九郎はいっこうにわき見をする様子もない。

「急ごう！」

橋を渡りきるのを待って、どっちからともなく早足になったのは、尾行に好つごうのたそがれの色が、しだいに濃くなって来たのだ。

「ううむ」

「こりゃいかん」

まもなく、ふたりは、はたと当惑の顔を見合わせなければならなかった。当の伊賀半九郎は吾妻橋の手前にならぶ船宿、田中屋の店へ、スッと姿を消したのだ。

「船で帰るんだな、進藤」

「そうらしい。——しかたがない、貴公早く吾妻橋の上へ行って、田中屋の船着場を見張っていてくれ。おれはあの隣へ行って、すぐに船の用意をする」

とっさに出た進藤の知恵だ。

「よし、早くしろよ」

人のいい橋本は駆けだしながら、——年は下だが儀十郎は、やっぱりおれより頭が働くと、つい今しがたの気まずさも忘れて感心してしまった。

橋から二つめの桟橋(さんばし)が田中屋のであると見当はつけておいた。橋へかかるとちょうど上げ潮どきの満々とふくれあがった隅田川が、プーンといその香をふくんで、——今田中屋の桟橋から女に送られて屋根船が一艘(いっそう)出るところだ。

「アッ、まにあうかな」

いらいらとその屋根船に気をくばり、一方進藤の船を早かれと祈りたい心の五郎太、うっかり何者かにつきあたって、突然、タッと力いっぱい突き飛ばされた。

「アッ、何をする！」

突き飛ばされた橋本五郎太は、よろめきながら、危うく立ち止まった。

「人に突き当たっておいて、何をするとは何だ」

どこかの道場の門弟らしい若い三人連れ、いずれも黒もめんの紋服に小倉のはかま、竹刀(しない)にけいこ道具をゆわえつけたのをかついで、ほうばの高ゲタといういでたち――中のひとりが肩ひじ張りながらつめ寄るのだ。

「だいいち、武士のくせにみっともない。川をながめてウロウロキョロキョロ、貴公、身投げの場所でも捜しているのか？」

「無礼な――」

橋本はカッとなってしまった。――伊賀半九郎の乗った屋根船、見失ってはならぬ。進藤はどうしたろうと、気が気ではないが、目前に降りかかる火の粉！

「なにが無礼だ。貴公こそ、拙者に突き当たっておいて――あやまれ」

が、こうかさにかかられては、いじでもあやまれない。

「突き当たった、突き当たったと、きさまら——目があるのだろう、人がいたら、なぜよけて通らぬ。居眠りをして歩いていたのではあるまい」

「おや、こいつ、——もう許さぬ！」

血気の相手は憤然として、いきなり持っていた竹刀をサッと撃ち込んで来た。

「何をする！」

多少心得のある橋本、ヒラリとかわして——むろん、斬る気はない。峰打ちを食わせてやるつもりで、とっさに抜刀した。が、相手はことあれかしと待ちかまえていた若い三人、いつの間にかひとりが背後へまわって、

「どうだ、一本」

ピュン！　ともろひじを払って来た。不意である。

「アッ！」

前のほうにばかり気をとられていた橋本が、思わずよろめくところを、

「こっちも、一本」

ピシリと右肩へ強打を入れられて、もう立ち直る暇がない。

「ひきょう——」

腰がくだけて、しりもちをつきながら、夢中で刀を振りまわしたが、――エイ！トーッ！おもしろ半分に、かわるがわるうち込んで来る三本の竹刀、とうとう気を失ってしまった。

そのころ――。

橋本が屋根船で乗り出したとばかり思い込んでいた当の伊賀半九郎は、船宿田中屋の二階で、進藤儀十郎を相手に話し込んでいた。

少し離れて代地の小鈴が、これはつまらなそうにポツンとすわって、窓の障子に移り行くたそがれの色をながめている。へやの中はもう薄暗いが、わざと灯を入れさせないのである。

「とにかく、大名のせがれとしては生まれぞこないだな。ああ物がわかっていたら、家来が窮屈でたまるまい」

半九郎はじっと考え込むのだ。

「いや、きょうのは特別です。人間毒血を吐くと利口になるというが、それですかな。きょうの若殿は、われわれでさえ上できと感心したくらいですからな」

なに、すぐまたもとのわがままが出るひとりよがりのぼっちゃんになると、儀十郎はたかをくっているのだが、――ほんとうに毒血を吐いて利口になってしまったのだとすると、表は忠義顔をしてその実敵に裏切っている自分の身に、いつ火がつくかもしれない。あまり気持ちのいい話ではないのだ。

「まあ、その辺だろう。貴公らをわしの尾行に選ぶようでは、やっぱりいくらか、底が抜けている。――それにしても、きょうは四方八方、こっちの失敗つづきだ。せっかく、伊織の娘を尾行させたのに、このほうもみごとにまかれているのだ」

半九郎は苦笑した。

「伊賀さん、あたしは、もう帰ってもいいでしょう」

ふっと小鈴が口を入れた。――娘ということばを聞いて、急にたまらなくなったのだ。

なんだか知らないが、若い娘にうまく桃太郎侍を横どりされた形で、行きがかり上小鈴は、自分からお化け長屋を飛び出して来たのだが、――一刻もたったら、また押しかけるつもりでいた。こんどこそ、あの人の胸ぐらをつかんでても、うんといわせなければと、時間つぶしに仲見世(なかみせ)へ出て、思い胸にあればうまくもない昼食をひとりで、それもゆっくりするために、わざとちょうしまでつけさせて、――さあこれからと、外へ出たところを、ばったり伊賀半九郎に出あってしまったのだ。

「師匠、いいところで会った。ぜひ相談があるから、とにかく、吾妻橋の田中屋、——知っているな、あの船宿で待っていてくれ。拙者はちょっと用を足して、あとからすぐ行く」

有無をいわせない半九郎である。

しかたなくこの二階で今まで待たされて、どうしたろう、あの娘はもう帰ったかしら。いったいどんな用件だったのだろう、まさか、あんな生娘が、ひとりで大胆に男をくどきに来るとは思えないが、そうはいっても、恋は思案のほかというし——いらいらとそればかり思い詰めていた小鈴なのだ。

「どうした、師匠」

突然だったのと、語気に何かつっかかるような響きがあったので、半九郎は意外そうな顔を向けた。

「いいえ、伊賀さんのほうが急な用でなけりゃ、あたし、ちょっと会いたい人があるんです」

「そうか。わかってる、わかってる」

半九郎はニヤリとした。

「恋路のじゃまはやぼ、というからな——が、ちょっと待ってくれ。いろいろと手違いがあって、むだあしをさせたようになったが、すぐかたづく。少し話があるんだ」

口ではいったが、人のつごうなどおかまいなしの男だ。平気で儀十郎のほうを向いてしまうのである。

「伊織の娘がどうかしたのですか？」

進藤が不思議そうにきいた。

「うむ。お昼前に腰元ふうをして上屋敷を出たのだ。このあいだ、向島堤で助けられた浪人者が、なんでも浅草の聖天裏の長屋にいるんだそうだが、そこへ行ったのだそうで、おやじの留守に姿を変えて、ここそこそひとりで男をたずねるところを見ると、これも恋路というやつかな」

半九郎はいたずらそうに、ちらっと小鈴の顔を見た。

「腰元ふう——？」

小鈴ははっとしたのである。

「伊賀さん、聖天裏の長屋って、お化け長屋のことじゃない？」

「さあ、お化け長屋というかどうか知らんが、聖天裏の長屋だということだ」

「その伊織の娘さんての、いくつぐらい？――美人？」

「わしは見たことがないから知らんが、美人だそうだ――な、進藤」

「美人です。武術の心得も少しはあるそうで、女にしては上背のあるほうでしょう。すらりとした面長な顔で、年は十九、百合という名です」

　進藤が説明した。

「百合？――その女なら、あたし、きょう会いました」

　たしかにあの娘に違いないのだ――そうか、伊織の娘だったのか。向島で助けられたというが、その助けた浪人者というのが桃太郎侍としてみると、このあいだ柳原堤でこっちの一味に襲われて九死に一生危うく川へ飛びこんで逃げたというのも桃さんだったことになる。敵と味方――さすがに小鈴はあおくなってしまった。

「師匠、どこで伊織の娘に会ったのだ」

　グイとからだを向ける半九郎の目が、異様に光っている。

「伊賀先生――！」

　ちょうどその時、ふすまの外から呼ぶ声がした。――小鈴にとっては助け船である。

「だれだ?」

「岡です」

「はいれ」

顔を出したのは、吾妻橋で橋本五郎太にけんかを吹っかけた黒もめんの紋付きである。

「どうした?」

「ハッ。うまくいきました。気絶しましたから往来の者には仲直りをするように見せかけて、仰せつけのところへ運んであります」

黒もめんの紋付きは得意そうだった。

「ご苦労。――ちゃんと目かくしはしておいたろうな」

「その辺、如才はありません」

「よし、下で待っていてくれ」

その、ほんのわずかな間に、小鈴は小鈴だけのことを考えていた――半九郎は、百合がたずねた浪人者を、まだ桃太郎侍と知らずにいるのだ。一方桃太郎侍は、けさ、そんなあぶない仕事はよせと、親身になって忠告してくれたところをみると、これはまだ敵でもなければ味方でもない。それを伊織の娘百合が、あの人の腕まえを見込んで、味方にくどきに来たと見るのが本当だろう。百合は若殿の奥方になりたがっているというから、おそらく色恋ではあるまい。そのほうはまず安心だ。

が、不安なのは、半九郎がその浪人者、すなわち桃太郎侍をどう思っているかである、万一敵にきめているとしたら、この恐るべき男にうっかり、それは桃太郎侍だと教えられない。

「伊賀さん、その浅草の浪人者っての、敵なの、味方なの」

黒もめんの紋付きが出て行くのを待って小鈴はすかさずなにげなくこっちから逆襲に出た。

「さあ、むろん味方じゃないが、敵ともいえまい。しかし、貧乏浪人のことだ、偶然向島で家老の娘を助けたのをいい恩にきせて、仕官したがっているんだろうから、いずれは敵になるかな。どっちにしても、腕は少し立つようだが、そうたいした男ではあるまい。おやじが迎えに行っているのに、忠義だてしてご苦労千万、のこのこ娘のかごのうしろからついて行く男だ。たいてい腹の底は知れている」

半九郎は頭から問題にしていないのだ。

「だって、その帰りに柳原堤で、西村さんたちがひどいめに会ったというじゃありませんか」

悪くいわれると、やっぱり、いい気持ちはしない小鈴である。

「なあに、食い詰め浪人が命がけになると、時々とんでもなく強くなることがある。――だいたい、あの時は、倒したところで一文の得にもならん浪人者を、かってに襲った西村が、まぬけなのだ」

半九郎は苦い顔をしたが、

「そんなやせ浪人は、どっちでもいいが、――師匠、伊織の娘に、どこで会ったのだ」

思い出したようにきく。

「その食いつめ者のやせ浪人の家で会いましたのさ」

小鈴はつんとして横を向いた。もう、がまんができなかったのである。

「何ッ？」

「あたしも今聞いてわかったんだけど、そのやせ浪人てのは、いつだったか、ここにいる進藤さんに天王橋であたしが手ごめにされている時、助けてくれた恩人の桃さんらしいんです」

「なに、桃太郎侍」

さすがの半九郎も、意外そうだった。

「ほう、あの桃太郎侍と名のったやつ」

とんだ引き合いに出されて、儀十郎も目をまるくする。

「やせ浪人で、すみませんでしたね。とにかく、あたしは、きょう、その桃さんの家で、たしかに伊織の娘とかいうのに会いました」

「そうか。小鈴師匠ごひいきの桃さんだったのか。こりゃ悪くいってすまなかった」

ツンとお冠を曲げてしまった小鈴の妖艶な横顔をながめながら、半九郎はあっさりとかぶとを脱ぐ。

が、そのびんしょうな頭は、——泥亀とあだ名のある一筋なわではいかぬ悪ぜげん、浅草の上州屋亀八を手玉に取った桃太郎侍、いや、手玉に取るくらいは自分でもできるが、亀八から取り戻した金をその場で貧乏人にばらまいて、たちまち人気をつかんでしまったという手腕、度胸、こっちに手ぬかりはあったとはいえ、二度まで一味の者の襲撃をみごとに切り抜けている腕まえ、とにかく、小鈴ほどのいじっぱりな女を一目で小娘のように夢中にさせた男だ、それへ伊織の娘がからんで行ったとなると、これは油断ができない。うかつにも、たかが貧乏長屋のやせ浪人ぐらいと見くびって、今まで深く調べなかったのは自分の不覚だったと、一瞬の間に活動しているのだ。

「なるほど、桃さんなら強いはずだ。たしか、師匠、その桃さんを国もとのほうへ、ぜひ推挙してくれとかいう話だったな」

活殺自在の半九郎、けろりとして急に桃太郎侍をほめだした。

「味方にして損のない人だし、あたしはそうしてもらいたかったんです。けど、あの人は、たとえ食い詰めても、きゅうくつな仕官なんかごめんだっていうんでねえ」

執念深い小鈴は、まだこだわってすねている。

「そりゃ師匠、ちと油断ではないのか。人間だれしも無一物の貧乏暮らしより、金と名誉のあったほうがいい。向こうは江戸家老神島伊織の娘が、じかにくどきに行ったとする。娘は美人だというし、桃さんぐらいの男なら禄高(ろくだか)にも糸目はつけまいし、——それでも、仕官はごめんだというかな」

半九郎はもっともらしく、チクリと、からめ手から小鈴の心をついた。

「そんなことあるもんですか。桃さんは寺小屋の先生を始めるんだって、自分が子どものように喜んでいる人です。だいいち、家老の娘がいくら美人だって、親が若殿のごきげんとりに押しつけようとしているんじゃ、どうにもならないじゃありませんか」

「ハハハハハ、恋は人を盲目にするというが、師匠ほどのあねごが、ちと、きょうはどうかしているぞ。伊織はお家の実権さえ手に入れればいいのだ。その目的のために、無理にも娘を若殿に押しつけたいのだ。陰へまわって娘がうわきをするくらい、黙って見のがしておくさ。――いったい、伊織の娘は桃さんの家へ、しかも姿まで変えて、何しに行ったのだ。会ったというなら、あねご、ほぼ想像はつくだろう？」

半九郎の知りたいのはそれである。一度へそを曲げたら、すなおに物をいわないいこじ女だから、うまく嫉妬心（しっとしん）を利用して、やっと話をそこへ持って行ったのだ。

「その前に、伊賀さん、娘はどんなふうに、こっちの尾行をまいたの？」

さすがに小鈴は気が気ではなくなって来た。

「いや、それが至極まがぬけているのだ。娘にも陰の護衛がふたりついていたそうで、これが長屋の入り口で主人の帰りを待っている。安心してそれを見張っていると、二刻（ふたとき）（四時間）もたつころ、向こうの護衛のひとりが、路地へはいったそうだ。おそらく、あんまり長いのでちょいと見に行ったのだろうな。そいつが青くなって引き返して来て、連れに何かささやくと、急いでふたりで駆けだしたのだそうだ。つまり、娘は自分の護衛までまいて、かってに裏の抜け道から消えてなくなっていたのさ」

「それで、それで、桃さんは？　あそこに伊之助っていう男がいるんだけど、その男は何をしていたんでしょう？」

小鈴はせきこまざるをえなかった。――万一、桃太郎侍が娘を送って出たとすれば、自分の恋はもう絶望と思わなければならないのである。

「その伊之助というのは何者なのだ？」

知るべきことはすべて知っておこうという半九郎である。

「かつぎ呉服を商売にしているんですけどね、桃さんの気性にほれこんで、自分の家へ引き取って、身のまわりの世話をしている変わり者なんです」

さすがに、その前身をあばくのだけは遠慮してやった。

「すると、その男にでも娘を送らせたのかな。様子が変なので、こっちのまぬけどもがすぐ探りに行くと、家の前に子どもが四、五人遊んでいて、おじさんも先生に用があるのか、先生は今ぐっすり眠ってるからだれにも会わないよ、けさからふたりもお客があったんで、また熱を出してしまったんだと、おこっていたそうだ」

「じゃ、きっと伊之さんが、子どもたちにいいふくめて出たんですね」

小鈴はほっと安心した。——そんな小娘なんかの口説（くぜつ）に軽々しく乗るような人じゃないと思い出して、一時でも疑ったのが自分で気恥ずかしくなる。

「あねごは、いつごろ伊織の娘に会ったのだ」

「お昼前、あたしが病気見舞いに行っているところへ、娘がたずねて来たんです。なんだか知らないけど、ぜひ内密の話があるんだからと、娘が頼むもんですからね、あたしは気をきかして、座をはずしてやったんです」

「やっぱりおやじのさしがねだ。色気と欲気に、くどきにやらせたんだな。——あねご、油断はできんぞ」

半九郎がけしかけるようにいう。

「そんなこと、そんな手に乗る桃さんじゃありません」

「とにかく、そういう男を敵にしたくはない。むろん、あねごがついているんだから、そんなことをさせはすまいが、向こうがどんな話を持ち込んだか、それとなく聞いて来てくれんかな」

「だって、伊賀さん、何かあたしに用があったんでしょう」

すぐにも飛んで行きたい小鈴だが、そこはいじっぱり女、こう出られると、はいと、すなおには立てないのである。

「先生――」

黒もめんの岡が、あわただしく顔を出した。

「今、青あざが、外出したという報告がありました」

「よし、連絡を絶やすな。必ずいけどりにするんだ。大物だから、じゅうぶん用意しろ」

「はい」

岡は急いで下へかけおりる。

半九郎の目はキラキラ光っていた。

「進藤――」

「貴公は橋本を助け出して、屋敷へ帰ってくれ」

「承知しました」

「百合之助の正体、青あざが今夜手にはいれば、きっとわかるだろうが、――そっちはそっちで、北野にもいいつけておいたが、よく連絡をとって、例の穴へ落としてくれ。あした一杯と日を切っておいた」

「ハッ」

「油断してしっぽを出すなよ。バカ殿だなどとあなどると、とんだことになる。これは少し臭いと思ったら、三十六計にしかずだぞ」

「心得ています。――では」

緊張した進藤が座を立った。あたりはすでに暗く、川に面した窓障子に、わずかなたそがれの色が残るばかり、――櫓(ろ)の音が、ヒタヒタと寄せる波の間に静かに耳についた。

「あねご――?」

ふたりきりになると、半九郎の目が急にあやしくわらって、――女の敏感さから小鈴がハッと次のことばに身構えた時、

「先生、青あざは今、吾妻橋へかかりました。適宜にやっつけてもかまいませんかと、きいて来ましたが?」

第二報が飛んで来たのである。

(やっぱりそうか――)

吾妻橋を渡りきって、何につまずいたかヨロヨロと前へ泳いだ青あざの桃太郎侍、ぬげたぞうりを捜すふりをして、まだ橋の上の尾行の姿をすばやく見てとった。

下屋敷を出るとすぐ、常泉寺の門のあたりにぼんやり立っていた着流しの浪人者、そいつがジロリと鋭くこっちを見たのを、さりげなくさっさと通り過ぎて来たが、――今、橋の上にちょっと立ち止まってそっぽを向いたのが、やはりそれであった。しかも、ふたりになっている。

(さて、どうしたものだろう)

尾行は覚悟の前だ。それだからこそ、言問(こととい)の渡しはとらず、わざと遠回りの吾妻橋へかかったのだが、なんとかこの尾行をまいてしまわなくては、うっかりお化け長屋へは帰れないのである。桃太郎侍は広小路のほうへ歩きだした。

尾行にはふたとおりあるはずだ。ただ跡をつけて行く先を突き止めればいいのと、途中適当な場所で襲撃に出るのと――。おそらく、今夜のは後者だろう。それも、神島家の若党と思いこんでいる敵だ、斬るのが目的ではなく、捕えていって、何か秘密を吐かせる。せる。その辺のところだろう。

十五日に近い月が明るく、この辺関東一の観音堂を控え、奥山という盛り場があるから、まだ宵の口、相当の人通りだ、こんなにぎやかな場所では襲撃には出られぬ。

（逆襲してやるのも一つの手だがな）

いきなり敵に、こっちからけんかを吹っかけて、相手はふたり、そいつをたたき伏せておいて、人ごみにまぎれて逃げてしまう。痛快でもあるし、そのくらいのことは朝飯前の腕を持っている桃太郎侍だ。が、はたして尾行はあのふたりきりだろうか。万一、ほかにも人数があるとしたら、たとえつかまらないまでも、相当厄介なことになりはすまいか？

（大事の前の小事だからな）

こりゃ自重しなければならぬと思い直した。

なんとか、暴行ざたに及ばず、スルリとうまく敵をまいてしまう方法はないものか？　それも、時間のないからだだから、急ぐのである。

考え考え桃太郎侍は、いつの間にか田原町へさしかかって、突き当たりは東本願寺の裏門、右へ折れれば蛇骨長屋。

（いかんなあ、これからは人通りの寂しい寺町になる。だいいち、こう反対の方角へ歩いて来ては、帰るのに時間がかかるばかりだ）

当惑した目に、ふっとふろ屋の灯が見えた。蛇骨長屋のかどである。

（これだ——！）

桃太郎侍は思わずつぶやいた。奇想天外の一計を思いついたのである。

さっさとのれんをくぐりながら、ちらっと横目を働かして見ると、例のふたりの浪人者、はたしてあぜんとしたようにヤナギ並み木の陰に立ち止まって、こっちをながめている。

（使いに出た若党が、まさかふろ屋へ飛び込もうとは思わなかったろうからな）

桃太郎侍は自分の思いつきに、いささか得意であった。——いかに尾行でも、まさか、ふろの中まではいって来られまい。ついて来たって、裸でけんかはできないのである。まあ、裏表の出口を見張って出て行くのを待つぐらいが関の山だろう。

時分時のことで、ふろ場はいっぱいにたてこんでいた。しかも、もうもうと湯気がこもって、灯が暗いのも時にとっての好つごう、——桃太郎侍は手早く衣類をザルの中へ脱ぎ捨て、ざくろ口のほうへ行った。客は近所の町人ばかり、一日の仕事をすまして来て、夜食の前のひとふろというのが多いから、いずれも、ゆだったからだを流し場へのんびりと、思い思いの世間話がはずんでいる。見知らぬ桃太郎侍の顔など、ふり向いて見る者さえなかった。

桃太郎侍は暗い湯舟の中で、たちまち青あざを洗い落とした。これが第一の目的である。

それがすむと長居は無用、カラスの行水よりも早くさっさと流し場へ出て、からだをふきとる。脱衣場へ上がると、番台のおかみさんが、何か女湯のほうの客にあいさつをしているところだ。はねまわる子どもに着物を着せようとわめいている中年男。自慢のいれずみを見せて涼んでいる勇みらしい男。出る者、はいる者ごったがえしている中を――桃太郎侍は何食わぬ顔をして、自分のとならんでいるザルの中、どう見てもあまり上等とはいえない盲縞（めくらじま）の薄どてらをいきなり素膚にひっかけて、豆絞りの三尺をクルクルと巻いてしまった。

だれも気のついた者はないらしい。万一の場合を思えば、鈍刀でもわきざしをおいて行くのは惜しい気はしたが、この姿では、それを刀かけへ取りに行くのはおかしい。

（ままよ――）

澄ましこんでぬれ手ぬぐいを、ちょいと頭にのせて鼻うたでも出そうなかっこうだったろう。

「毎度ありがとうございます」

番台の声をあとに、ぞうりをつっかけて、ガラリと外へ出た。

出て驚いたのは、――ふろ屋の前のヤナギのかげに例のぶっそうな浪人者がふたり、これは予期していたところだが、東本願寺側のみぞっぷち、門前町のあたりにも、田原町の路地口にも、ふたり、三人と、浪人者らしい姿が行くでもなく帰るでもなくブラブラと、いずれもこっちをうかがっているのだ。

（ほう、――なるほど、無謀なまねをしなくてよかった）

が、こうなっては、いかにウの目タカの目でも、ちょっと気がつくまい。――桃太郎侍はだての素どてらの両手をヤゾウにきめこみながら、もと来た広小路のほうへ引き返そうとした。とたんに、

「おい――」

柳の陰のひとりが、小声に呼ぶのである。

「へえ、あっしですか？」

伊之助といっしょに暮らして、耳慣れている伝法ことば、こういう時に役にたつ。

「つかぬことをきくが、ついいましがた、そのふろへ右の目のまわりに青あざのある男

がはいって行ったはずだが――」

「ああ、どこかの若党さんですね」

桃太郎侍はニコリとして見せた。

「うむ。――まだ出て来る様子はないか？」

「だって、だんな。あっしと入れ違いに、今、ドボンと湯へつかったころだ。あざがなけりゃ、いい男ぶりですからね。ご当人、これからあのあざを、すっかりみがきこむんでしょうって。いくらかでも薄くしてえのが人情だ。フフ。けど、ありゃだんなの前だが、皮一枚はがなけりゃ取れねえさ。あっ、いけねえ。だんながたは、あの若党さんと知り合いかなんかで？」

こわそうに、わざとしりごみをする。

「いや、別に知り合いというわけではないが、――もうよい、行け！」

「へえ。じゃ、ごめんなすって」

なんとも笑いたい気持ちだった。おそらく、あの苦虫をかみつぶしたような浪人者が、一行の大将格なのだろう。

（まあ、ゆっくりそこで、あっけらかんと待つがよろしい。秋の夜は長いと申すから

な）

桃太郎侍は伝法院の裏門をはいって、うしろをふり返って見た。たしかに尾行の影らしいものはない。うまくいったのだ。

足を早めて裏門から仲見世を横切り、山の宿の通りへ出ようとして、ハッとそこへくぎづけにされた。

「――？」

月あかりに白く浮き出した急ぎ足の横顔、一目で代地の坂東小鈴とわかったのである。

「お化け長屋へ行く気だな」

むろん、目あては自分に違いないのだ。――桃太郎侍の顔が急にひきしまった。

「伊之助――」

家へ飛びこむなり、桃太郎侍は、小声で呼んだ。

「アッ、だんな！」

ふすまをあけて伊之助が、ギョッと目をみはる。素どてら一枚というとっぴな風体より、何か語気にさし迫ったものを感じたからだ。

「ほう、珍しいな」

桃太郎侍はニコリとした。伊之助は夜食の膳に一本つけて、今始めたところらしい。

「フフフ、あんまりくさくさするもんですからね――だんな、飯は？」

「まだすまん。それどころではないのだ」

「だれかに追われてるんですね」

相変わらずこの男は勘がいい。

「うむ、追われどおしだ。まもなく小鈴が来るだろう。また病人に早変わりだ」

「執念深い女ですからね、よく今まで来ないと思って、変に思っていたんでさ」

手早く着替えをうしろから掛けてくれて、けさのまま、へやのすみへ二つに折ってあったフトンをのべてくれる。

「わしにはかまわんで、つづけてくれ。寝ながら話すから」

桃太郎侍は床の中へもぐりこんだ。

「なあに、むりに飲みたい酒じゃありません。ひとりで考えていたら、あっしゃ世の中が情けなくなっちまってね」

「情けない？」

「なんだってだんなは、そんな素町人のまねなんかして人に追いかけられて歩かなくちゃならないんです? だんなはこの長屋じゅうのかわいい子どものことを忘れちまったんですか?」

伊之助は膳の前にすわりなおって、くってかかるのだ。

「早くだんなの病気がなおるようにって、子どもたちは正直だから観音様を拝んだり、聖天様へ行ったり——だんながずっと寝ているものと思い込んでいるものだから、家の前じゃ決して大きな声は立てねえ。あっしが誓願寺へ使いに行った留守に、おそらく見張りのやつらだろう、変な侍がふたりも三人も様子を見に来たそうだが——先生は今眠ってるんだから、用があるならばあとで来てくれ、静かに帰っておくれって子どもたちがみんなで断わっていたと、お俊さんが——あっしは聞いて泣かされちゃった」

両手をひざにおいて、伊之助はじっとうなだれてしまうのだ。

「どんな事情があるか知らねえが、あっしはあのお嬢さんが恨めしい。こんなあぶない仕事にだんなをまきこんでしまった娘さんが憎い。——ねえ、だんな、あのお嬢さんは、かりにもご家老様の娘なんだ。ほかにいくらでも味方になる侍がついているんでしょう? なんでもかでも、だんなが助けてやらなけりゃ、困るっていうんじゃないんでしょう！……この長屋の子どもたちにゃ、ぜひ、だんなが必要なんだ。だんなでなけりゃ、だれもほかに、めんどうをみてくれる人がねえんだ。ねえ、どうかあんまりよそごとに深入りしねえで、早く長屋の先生に帰って来てやっておくんなさい。お願いだ、子どもたちがかわいそうだ。自分たちの先生だとばかり思い込んでいる子どもたちがいじらしくって、伊之助は黙って見ちゃいられません」

「すまぬ」

多感な桃太郎侍はクルリと壁のほうを向いてしまった。決して子どもたちのことを忘れていたのではないのだ。事情余儀なく、ここにいたったのだが、改めて伊之助にいわれてみると、いじらしい子どもたちの姿が目に見えるようで、思わず涙がほおにあふれて来たのだ。

「伊之助、決して長い間とはいわぬ、ここ半年、どう長くても半年だけ、がまんしてくれ」

「半年ですって、だんな？」

伊之助はおこったように、きっと顔をあげた。

「実はな」

桃太郎侍は静かに起き上がって、フトンの上へキチンとすわった。——まもなく小鈴が訪れて来るであろう。早く伊之助に理解させておかなくては、せっかくの計画が水泡に帰するのである。しかも、この男の力を借りなくては、今後の行動にひとかたならぬ不自由を感じさせられるのだ。

「わしは神島伊織に、武士と見て頼み込むと、容易ならぬことを託されたのだ。若木家十万石一藩の重大事、わしは誓願寺にたおれている若君の身代わりをつとめることになった」

さすがの伊之助があぜんと息をのんだが、

「ちょっと、だんな！」

押えるようにスルリと立ち上がって表の戸口台所の障子、ひととおり音もなく調べて帰って来たその敏捷さ、なるほどサルの伊之助だ。

「そんな、だんな、——そんなことが、だんなにできると思っているんですかい？」

声をひそめてつめ寄るのである。

「ところが、わしは若殿に声までそっくりなのだそうだ」

「いくら似ていたって、そいつはちと乱暴だ。いけません。いけませんぜ、だんな！」

「いや、昼間、すでに一度化けて来ている。近習たちひとりとして、わしを疑う者はなかった。——悪人に毒殺されたと思った若殿が、ふいに無事にあらわれたのだからな。近習たちのよろこび、それを見ただけでも、できることなら悪人どもを取り押えてやりたい。若木家の毒虫を退治してやりたいとわしは思った」

「——」

「長いことはいわぬ。国もとへ乗りこんで帰って来る半年、それさえすめば、きっと長屋へ帰って子どもたちの先生になる。がまんしてくれ。不思議なめぐり合わせで、どうしても乗りかからなければならなかった仕事なのだ。ぜひおまえにも助けてもらわなければならないので、危険を承知で今夜屋敷を脱け出して来たのだ」

「このあっしに——？」

「うむ。実は小鈴が、当人は悪人と気がつかず、陰謀派から江戸に送られた伊賀半九郎という者に引き込まれて、わしに国もとのほうへ仕官してはと、親切ずくで、このあいだからしきりにすすめている」

その間の事情、きょうの半九郎との問答、進藤儀十郎への疑問、ここへ来るまでの恐るべき尾行、——桃太郎侍は隠さず説明して、

「何よりも、その半九郎の正体を知っておかなくては、江戸をたつことができぬ。これは容易ならぬ人物、屋敷勤めの侍では手に負えぬ、ぜひ、おまえの力を借りなければならんのだ。どうか、頼む」

手をつかんばかりに、もちかけたのである。

「だんな、あっしのような人間に、そんな大事までしゃべっちまっていいんですか?」

伊之助が妙に底いじのある顔を上げた。

「いいも悪いも、すっかりしゃべってしまったではないか。わしは死んだ母とおまえにだけは、何も隠す必要はないと思っている」

信頼しきっているような桃太郎侍の目は、静かに澄んでいた。――へそを曲げて、少しえこじになっていた伊之助だが、いわば男が男にほれて、自分から犬馬の労を誓った間柄だ。こうまではらを割って出られると、もう、いじもみえもないのである。

「もったいねえ、だんな。あっしが悪うござんした。こんな人間を、それほどたよりにしてくださる。分に過ぎまさあ。うれしゅうござんす」

「では、力になってくれるか」

「へえ、子どもたちのことさえ覚えていてくださりゃ、もう何もいうことはありません。——さあ、そうと話がきまると、こうしちゃいられねえ。だいいち、その素顔を人に見せるのは危険だ。どこに敵の目が光っているか知れませんからね」

「うむ」

「それに、あの執念女の陰にゃいつも伊賀半九郎って男の悪知恵が働いてると見てかからなけりゃなりません。——畜生、どうしてくれよう」

一人でしょって立つように、伊之助が急に力みだした。

（因果なめぐりあわせになるんじゃないかしら）

小鈴は気が気ではなかった。——軽々しく人の話に乗るような男ではないから、まさか伊織の娘の口説(くぜつ)なんかにだまされてはいないと思うが、うっかり乗ったとすると敵と味方！

（そんなことはない。あの人にはちゃんと伊織の腹黒いたくらみを話しておいたはずだもの）

が、半九郎には隠しておいたが——けさ、あの人は自分に、どうして伊織のほうが悪くて国もとの家老のほうが良いとわかるのだときいていた。いいえ、伊賀さんはそんなひきょうな男ではない、悪いことなら初めから悪い仕事だが味方にならぬかと、打ちわって話せる強い男だと答えたが、あの人は急にふきげんになって、——あの時、あの人は、もうちゃんと伊織の娘からも話を聞かされて、ひょっとその口車に乗せられていたのではないだろうか？

娘の色香に迷う、むろんそんな人じゃないが、悪いやつ、悪いことに対しては黙っていられない俠気(おとこぎ)な人間である。そこへつけこんで、伊織の娘がどうだましたかしれないと思うと、小鈴はいても立ってもいられないのである。それに、一つは、

「あねご、自信があるなら、ぜひ今夜じゅうに桃さんを味方にして来い。今夜一晩と日を切ろう。——あしたはあしたで、あねごでなくてはならない仕事が別にあるんだ」

と、堅く半九郎から念をおされて来たのだ。

「あたしが命にかけてほれた男、いまさら伊織の娘なんかに横取りされてたまるもんですか」

いじでいいきっては来たが、——さて、面と向かってくどくとなると、ほれた弱み、とかくしどろもどろになりがちだし、しかも、あの伊之助といういじわるザルがそばを離れないので、よけい気がひけるのだ。

「フン、小娘じゃあるまいし」

心も足もおのずとにぶる弱気をしかって、小鈴はカラコロと月のあかりの路地を曲がった。ひっそりと宵しずまる伊之助の家の前――。

「今晩は」

遠慮がちに戸をあけると、

「だれだえ、今時分」

その声でわかっているくせに、つっけんどんな伊之助の物言いだ。

「あたしよ」

「あたしって、だれだえ」

立って来るけはいもない。

「あたしっていえば、あたしに決まっているじゃありませんか」

小鈴はムラムラッとして、――今夜おこっちゃいけない。まず伊之助のきげんからとってかからなくてはと道々考えて来たくせに、やっぱり性が合わないのだ。負けずぎらいの中ッ腹でかまわず上がりこんで、ガラリとふすまをあけると、

「なんだ、あねご師匠か」

病人のまくらもとへ膳を出して、ひとりで一杯始めていた伊之助が、何か、気まずそ

うな顔を上げた。しかも、当の病人はひたいから目までぬれ手ぬぐいを当てられて、じっと身動きもせずあおむけに寝ているのだ。――さあ、いよいよ小鈴はおもしろくない。

「伊之さん、たいそういいごきげんね」

「なあに、いいにも悪いにも、たった今、杯を手に持ったところさ。少しくさくさするんでね」

「すみませんでしたね。おまえさんにゃ病人が気に入らないんでしょう?」

キラリと小鈴の目にけんが出る。

「フン」

伊之助はそっぽを向いて、ぐっと杯をあおった。どうも、いつもの様子と違うのである。

「桃さん、どうしたの? ぐあいはどうなの」

つらあてぎみに、わざとそばへいざり寄ると、

「師匠か、よく来てくれたな。伊之助がさっきから、ひとりでおこっていて困るのだ」

右の目だけ出して、左はぬれ手ぬぐいで押えながら、桃太郎侍が寂しく笑って見せる

のだ。

「伊之助さんが何をおこっているんです？」

小鈴は思わず目をみはった。そういえば病人のまくらもとで不謹慎な、酒なんか飲んでいる伊之助である――いや、それよりこんな寂しそうな桃太郎侍の顔を、そして、こんなにもしみじみと自分をみつめてくれる親しみ深いまなざしを、いまだかつて見たことがないのである。

「どうしたのよ、桃さん」

「うむ、どうも困るのだ。――師匠、すまんが台所にけさのカユの残りがあると思うのだ。ちょっと見てくれんか」

「おや、まだお夜食前？　伊之さんがかまってくれないのね」

ジロリ伊之助を横目でにらんで、小鈴の顔色がたちまち変わった。

「桃さん、そんなにじゃけんにされてまで、そんなに踏みつけにされてまで、――畜生、ようござんす。今すぐにあたしがこしらえてあげます。けさの残りだなんて、あんまり情けないことはいわないでください」

急いでそで口を目へ当てて、――何に腹をたてたか知らないが、この病人にカユもやらずに、自分は酒を飲んでいるのかと思うと、むしょうに腹がたつのだ。それをまた病人ゆえに黙ってがまんしていたのがいじらしくも哀れで、小鈴は女心のただカッと理性を失ってしまった。

「伊之さん、ちょっと台所を借りますよ。炭とお米とナベ、あとで買って返しますから

ね、借りてもいいでしょう?」

「フフフ、七輪はいらねえのか?」

杯をなめるようにしながら、そこいじの悪いことをいう伊之助である。

「七輪だって買って返せば、使ったっていいでしょ。だれがただで借りるっていうもんか」

プイと台所へ立っていって、まもなくバタバタと七輪の下をあおぐ音がしだした。

「だんな、ご親切なあねごがついていて、しあわせですね」

とげのある伊之助の声である。

「伊之助、おまえまだ心がとけんらしいな」

「へえ、こう見えても伊之は男でござんすからね、ひきょうなまねは大きらいな性分でさ」

「つまり、拙者がひきょうだというのだな」

「いいえ、だんなは利口者さ。考えてみりゃご親切で、べっぴんで、情の深いどこかの女がついていたんだ。お百合様のいうことをきいてやれなかったのも無理はねえや」

「――？」

小鈴はハッと聞き耳を立てた。――けんかのもとは、どうやら、伊織の娘！　意外だったのである。

「伊之助、口が過ぎるぞ」

「お気にさわったら、耳をふさいでいておくんなさい。こりゃ、あっしのひとりごとだ。――かわいそうにお百合様は泣いて帰った。無理もねえや、せっかく頼みにして、この人ならと思えばこそ事情を打ち明けてすがったのに、――拙者はそういう醜い争いの中へはいるのは好まん、世を捨てた浪人者だ。悪く思ってくれるな。全く世を捨てた浪人者でさ。いまにどこかのすごい腕のあねごが拾って、たんとかわいがってくれることでしょうよ」

「きさまには何もわからんのだ」

「わかりませんとも。あっしはサルですからね、サルはサルだけの知恵しかありません。どんな事情のある騒動か知らねえが、窮鳥ふところに入れば何とやら。そうでしょう、だんな」

「まあいい。もうよせ」

「よかアありません。あっしは窮鳥がかわいそうなんだ。それを見殺しにして、変な女にかわいがられようと待っているような――」

「伊之さん、変な女ですみませんでしたね」

たまりかねて、小鈴が台所から飛び出した。

「何も、何も、病人をそんなに出て行けがしにいじめなくたって――」

「フン」

伊之助はこにくらしくそっぽ向いた。

「桃さん。けさの、伊織の娘だったのね」

小鈴はじっと男の顔色をうかがった。――伊之助の話の様子で、この人が百合の頼みを断わったことはわかった。そして、伊之助はそれをこの人が自分をおもっていてのことのようにいうけど、もしそれが本当ならと、小鈴は、胸がはずむのだ。

「師匠、そんなことを、むやみに口にしてはいかん」

「わしは一生浪人者でたくさんなのだ」
「拙者はどっちの話も聞かなかったことにしている。わしは一生浪人者でたくさんなのだ」

「ええ」

いじも張りもない、弱々しいその顔！　病気がこんなにも人の心を弱くするものだろうか？

「まあ、そんなとこでしょうね。せいぜいすごい腕のねえさんにかわいがられて養ってもらうさ。だんな、遠慮はいりませんぜ。さっきから、小鈴はまだ来ないかって、待っていたんでしょう？――何のことはねえ、男めかけさ」

「お黙り、サル」

「おれがサルなら、てめえはマムシだ」

「畜生、だれが、だれが、桃さんを男めかけにするといったえ。ちゃんとあたしは、りっぱなだんなにして――」

「養っておくっていうんだろう？　やっぱり男めかけよ」

伊之助はいじが悪い。

「ふん、その男めかけが、いまにアンマになるんだってね」

「なんですって、伊之さん！」

「師匠、よせ、伊之助はきょうは、ちとムシのいどころが悪いのだ」

桃太郎侍が制した。

「だって、あんまり、あんまりだもの桃さん」

「まあいい。それより、師匠、ちょっとこれを見てくれ、どうも痛んでいかん」

ぬれ手ぬぐいでおさえていた左の目を、そっと放して見せるのである。

「あっ、ど、どうしたの、桃さん」

小鈴はがくぜんと飛びついて行った。――まぶたが痛々しく赤くはれ上がって、黒目一面にポッと白い曇がかかっているのだ。

「まあ！　どうしよう。医者に見せたの？」

「いや、夕方から急に痛みだしてな、――どうなっているか？」

「どうかって、桃さん、――右の目をふさいでごらんなさい。見える？」

「いや、霧が、かかったように、ポッとしておる」

「早く、早く医者にみせなくちゃ。どうしたっていうんだろう！――それに、あたしは、困っちまうね」

オロオロと小鈴はフトンの上から桃太郎侍を抱くようにして、顔に苦悩の色をあらわに——必ず味方につけて来いと、伊賀半九郎からいいつかって来たのだが、今はそれどころではないのである。夕方から痛みだしてこんな目になるようでは——ほっておけば、伊之助のいうとおり、あるいは両眼がつぶれてしまうかもしれぬ。

たいせつな男がめくらになる！

（そんなことをさせられるもんか）

小鈴はもうみえも、いじも、なくなってしまった。

「桃さん、すぐ迎えに来ますからね」

「どこへ行くのだ、師匠」

「あたし、伊賀さんのところへ行って、ことわって来ます。もう他人のことどころじゃない。早くその目をなおさなくちゃ。ね、桃さん」

「そう大騒ぎするほどのことでもあるまい」

「いいえ、ダメ、これだけはあたしのいうことを聞いてください」

小鈴はあおい顔をして、伊之助の前へ両手をついた。

「伊之さん、あたしが悪かった。あやまります。すぐ帰って来ますから、その間だけ、どうか桃さんをこのままそっと置いてやってください。お願い——ね、お願いいたします」

「ちっとばかし、薬がききすぎましたかね、だんな」

どぶ板をふんで小走りに消えて行く小鈴の足音に耳を澄ましながら、サルの伊之助はコトリと杯を膳の上へ伏せた。妙にしんみりとした苦笑いをうかべている。

「いや、あれでいいのだ」

桃太郎侍はムクリと起き上がった。

「あれだけおまえにきらわれておけば、小鈴が改めて迎えに来る前に、わしはおまえとけんかをして、この長屋を飛び出せることになる」

「そりゃまあそうですが——少し罪でしたね。ああ真剣になられちゃ、やっぱりどうも」

「やむをえん」

「あすこまでからだを投げ出して来られると、なんだかいじらしくなりまさ。今夜の伊之の役は、ちっとつらかった」

済まなそうな顔をするのである。

が、投げ出された当人の桃太郎侍のほうが、よっぽどつらいのだ。女をあざむく、それさえいさぎよしとしないのに、あれまで恥もみえもなく女の真実をさらけ出させて、しかもそれを利用しなければならない——男として実に恥じられる。

「もういうな」

桃太郎侍はわざと冷酷な顔を上げた。かいのない愚痴にいつまで迷っていてもしかたないのである。罪は罪として、いつかはつぐない、報いる時も来よう。今は若木家一藩十万石の、多くの人の運命を双肩になっている身なのだ。

「伊之助、小鈴は伊賀半九郎のもとへ行くといっていたな」

「違いねえ！」

サルはすぐその心を察して、——これも本来の伊之助に返ったのだ、いきなり立ち上がって、

「だんなは？」

「下屋敷で待つことにする。あすの朝、伊織の中間(ちゅうげん)になって来てくれ」

「あっしはだいじょうぶだが、だんな、ほんとうに気をつけてくださいよ」

「心配するな」

「その目の道具は小さいから、はずしたらなくさないようにしておかなくちゃいけませんぜ。耳の穴へ入れておくのがいちばん安全なんだ」

「わかった、わかった」

桃太郎侍がわらって見せると、伊之助はスルリと三畳のほうへ消えて、何かゴソゴソ身じたくを始めた。

「おい」

ふっと思い出して桃太郎侍が呼ぶ。が、もう返事がないのだ。

「伊之助――」

急いでふすまをあけてみると、すばやいやつ、いつの間にか出て行ってしまっていた。風が出たらしく窓の雨戸がゴトゴトと鳴っている。

(驚いたやつだな)

桃太郎侍はあっけにとられて、しかたなく左の目へ自分で大きな眼帯をかけ、手早く着がえをすませた。

ぐずぐずはしていられない。あんどんを吹き消して、裏の台所口から隣のお俊の家の台所口へ。——すでに四つ（十時）に近い月があおくさえ返って、秋も深くこがらしに似た風がゴーッと軒下を通り過ぎて行った。

コトコトコト、と雨戸を軽くたたいて、耳を澄ましてみた。女ひとりの家の裏口から、——どなた？　と大きな声を出されては困ると思ったが、さすがに武家育ちはたしなみ深く、

「どなたでございます」

雨戸の向こうへ立って来て、静かにきくのである。

「隣の桃太郎——」

「あ、今おあけいたします」

戸締まりをはずす音がして、スッと、雨戸が開いた。飛び込むように、

「夜中、ぶしつけだが、取り急いでお願いしたいことがあってな」

うしろの戸を締めながらささやいた時、——ガラガラッ！　と今出て来たばかりの自分の家の茶の間あたり、何者か膳につまずいてひっくり返す音がした。

「あ——！」

せまい台所へ近々と向かい合って立つお俊の目が、物問いたげに桃太郎侍をみつめ

た。

「伊之助さんですか？」

「違う。あれは留守だ」

サルと呼ばれた伊之助が、しかも自分の家で、いかにやみとはいえ、自分の膳につまずくはずはない、——桃太郎侍はじっと耳を澄ました。

火打ち石の音がする。

「だれもおらんぞ」

「あ、寝巻きがぬいである」

「表から出れば、われわれの目につかぬはずはない。裏だ、台所口だ」

くせ者の声は三人、——ひとりが台所へ飛び出して来た。

「おい、遠くへは行っていないぞ、寝巻きにぬくもりがある」

「よし！　出口はどこもふさがっているんだ、袋の中のネズミさ」

台所の戸がガラリと開いた。

「——！」

桃太郎侍は手早く、こっちの戸の桟（さん）をおろす。

（もし、ここをたたかれたら？）

そういうようにお俊があおざめて胸をはずませているのが、息づかいでわかる。——が、足音は裏手のほうへ走り過ぎて行った。残るふたりが、ガサガサと戸ダナを捜している。

「お俊さん、昼間の娘の着物は？」

むろん、伊賀半九郎の一味に違いないくせ者、万一百合が着替えて行った腰元の衣装など見つかってはおもしろくない。

「あれは、家へおあずかりしてあります」

「そりゃよかった。——仙坊は眠っていますか？　おじさんなどと、今呼ばれては」

「ぐっすり寝込んでいますから——たいていのことでは」

「それもよしと。——が、えらいことになった。とんだ忍び男、退くも進むもできぬ」

「まあ」

お俊はハッとあかくなって、——あまりに身近に立ちすぎていたのだ、目のやり場がない。が、この桃太郎侍の思いがけない冗談口が、さしせまったお俊の気持ちを、いくらか楽にしたらしい。

「どうなすったのでございますか」

隣の物音へ耳をすましながらそっときいた。

「昼間の事件のつづきです。――半年ほど留守にするかもしれん。ここに金子が五十両ほどあります。長屋の子どもたちのために必要な時つかってください。かわいい弟子たちです、帰って来るまでひとりも失いたくない。頼みます」

それが頼んでおきたくて、わざわざ立ち寄ったのだ。桃太郎侍はすばやく重い紙入れをお俊の前に差し出す。

「あの、わたしに、そんなたいせつなお役目が」

事の重大さに、お俊は思わず身をひこうとしたが、

「いや、お俊さんの思ったようにつかってもらえばいいのだ。火急の場合、どうか、子どもたちのために――ぜひ、頼み入る」

その手を取らんばかり、せつなる桃太郎侍の依頼である。

一度走り去った足音が、せわしく引き返して来た。

「おらんぞ。どこか近所へもぐりこんでいるのではないかな」

小声に報告している。

「よし、一軒々々捜してみろ。路地の出口はみんなだいじょうぶなのだろうな」

「そのほうは心配ない」

「もう三、四人、連れて来たほうがいい。相当ぶっそうな長屋だというし、油断は禁物だ」

「そうしよう。大滝先生に相談して来る」

ひとりがまた雨戸の外を走り去った。——人数の用意もして来ているらしい。

「どうしましょう!」

ついにのがれがたい危険を感じて、お俊はそっと背筋に悪寒（おかん）が走った。一軒々々捜すとなれば、第一に自分の家へ押し込んで来るに違いないのである。

悪党

あとにして思えば、父伊織に相談して、父の手からカギを手に入れてもらえば、何のことはなかったのである。

が、百合は、――この役目、あなたをおいてほかにないではないか、と言い置いて行った桃太郎侍のことばを、あまりにも正直に取りすぎてしまったのだ。

(若様のおためなら――)

いや、若様のこととなると、なにごとも自分ひとりの手でしなければ気のすまない百合にもなっていた。

四つすぎるころだったろうか、百合の百合之助は、ひとりでそっと茶屋を出た。裏門のカギを手に入れておかなくてはならないことを思い出したのである。

夕方、あの裏山の林の中で出会った森助という門番中間に案内させて、裏門のあたりを見回った時、そこに厳重なカギのかかっているのを見て、百合はハッと桃太郎侍と顔を見合わせたが、――その裏門から少しはいったところに、堀ぞいに三棟ばかり大きな土蔵がならんで、これにもみんな同じようなカギがかかっていた。

「あれはなんだ」

青あざの若党の桃太郎侍が、きいたのである。

「へえ。右のがまぐさ倉、あとの二つは雑穀倉だそうでございます」

森助が答えていた。

「あのカギ類はだれが預かっているのだ」

「北野善兵衛様でございます」

「ああ、あのねこぜのかただな」

なにげなくいって、桃太郎侍はチラッと百合に目くばせした。

そこから外は堀ぞいの塀について、まっすぐに表門へかかり、

「では、百合之助様、行ってまいります」

その人は澄まして、さっさと外へ出ていってしまったが、――門小屋とならんだ一軒、下屋敷をあずかる北野善兵衛の小屋であることを、そっとそでをひいて教えて行く

のを忘れない桃太郎侍だったのである。

が、百合の百合之助は、ひとりで父のもとへ引き返しながら、急に取り残されてしまったような寂しさにおそわれて、ついカギのことは忘れていたのだ。

(こんなにも寂しいものだろうか)

恥ずかしいけれど、百合は夜食さえ満足にのどへ通らなかったのである。

「掌中の珠(たま)をとられたようだ」

父はいっていたが——百合には、自分の魂を持って行かれてしまったような気がした。われながら、どんなに深くその人を愛しているか、こうして離れてみてはじめて驚いたのであった。もうとてもその人なしには生きていけそうもない自分になっていたのである。

「若様、——若様！」

百合はひとり茶室に閉じこもって、秋の夜の長さ——ともすれば、たいせつな人と会ってどんな話をしているか、小鈴の白い顔がのろわしく、いや、それより、万一思わぬ危険にさらされているのではあるまいかと、風の音にさえ不吉を感じ、いても立ってもいられない感情を、脱ぎすてて行ったその人の衣類にじっとほおを押しあてて、やっと堪えていたのだ。

そして四つ（十時）の鐘を聞いたのである。

（もういっときのがまん――）

われとわが胸にいいきかせながら、ふっとカギのことを思い出したのだ。

「まあ、なんという愚かしさ、カギがなくては門があけられないのに」

百合はひとりでにほおのほてるのを覚えた。お嬢様育ちは役にたたない、とさだめし笑うであろうその人のやさしい顔を思いうかべて、

「でも、若様はきっと、――よくこんな寂しいところを、ひとりで迎えに来てくれたと、ほめてくださるに違いない」

早くそのことばが聞きたいのである。早くその暖かい胸の中へ飛びこんで行きたいのである。処女心（おとめごころ）のただひとすじに――身にせまる魔の手のあることなど露ほども感じられなかった。

「門番！――門番！」

トン、トン、と戸をたたく者がある。

「どなたさまです？」

そろそろ寝酒を始めようとしていた門番中間の森助は、——あ、帰って来たなと、その声でわかったので、すぐ小屋の窓をあけた。

「進藤様でございますね」

「うむ、お上のご用でただいま戻ったのだ」

「ご苦労さまでございます。今、くぐりをおあけいたします」

夕方、伊賀半九郎を追っていったふたりである。急いでとびらをあけると——明るい月かげに、もうひとり橋本五郎太が、ざんばら髪の、無残にはれあがった顔、はかまも衣類もところどころ引き裂けて、どう見ても、けんかをして、さんざんなぐられて帰ったという格好を、さすがに恥じられるか、進藤儀十郎の背後に、かくれるようにして立っているのだ。

「おや、どうかなさいましたか?」

森助はわざとおおぎょうな顔をして見せた。

「いや、何でもない」

進藤はうながすように、チラッと五郎太をふり返って、そのまま玄関のほうへ歩き去る。五郎太の右の足が少しびっこをひいていた。

（おやおや、なんてざまだい。橋本とかいったな、進藤さんはこっちとグルなんだ。知らずにいいようにおもちゃにされて来やがった）

森助はおかしかった。——どんなふうにおもちゃにされたか知らぬが、うまくわなにひっかかって、大の男がもみくちゃにされている姿を思うと、この男は胸をくすぐられるような愉快さを感じるのだ。そういう凶暴な性質の森助だったのである。

「おや」

くぐりの戸締まりをして小屋へはいろうとして森助は、ハッとそこの物陰に身をちぢめた。

今、ふたりが消えた植え込みのかげから、そのふたりをやりすごしていたとも見えるように、明るい月の中へひょいと人影があらわれたのである。女にもしたいふっくらとみずみずしい美貌（びぼう）、ふさふさとした前髪、——サッと吹きつける風に、はかまがなびいて、わずかに漏れる脛（はぎ）の白さ、それを急いで直す姿さえ妙になまめいて、どうしても男とは思えぬ。

「百合之助だ——！」

森助はゴクリとつばをのんだ。何の用で今ごろこんなところへ——というより、伊賀半九郎から例の穴へおとせといいつけられている獲物が、しかも目の前へひとりで現われたのである。

「女に違いねえ」

夕方、あの森の中で会った時から、直感的にそう思い込んでいる森助は、そのばけのかわをはいでみることにも悪魔的な興味をそそられて——相手が家老のせがれだろうが、たとえ大名の何であろうと、そんなことに二の足をふむような男ではない、何よりも、あの底気味の悪い青あざの若党がついていないのが安心である。

(たまらねえや、畜生！　カモときやがった。ネギをしょってやがる。進藤さんにも、北野さんにも、おきのどくだが、ひとりでちょうだいするぜ。フフ、ギュッとしめつけて、ほうびの金が十両、——いや三十両と吹っかけよう。次第によっちゃ、五十両！——それでも安いや)

森助はワクワクとあたりを見まわした。ほかに人影はない。それに、庭木を鳴らして吹きめぐる風のあるのが、もっけのさいわいだ。

(おっと、あわてるなよ、森助。なわがいるぞ、なわが)

その間に百合之助は、スッと前を通りすぎて門小屋とならんでいる北野善兵衛の小屋の前に立った。

（へえ、善兵衛さんにご用とおっしゃる。――しかたがねえ、半口乗られたかな――）

が、考えてみると、そのほうが安全なのである。木戸の中なら、人目につく心配はないし、いざとなれば、こっちはふたり、――森助はそっと小屋へ引き返して、ほそびきの用意をした。手ぬぐいを二本わしづかみにした。

「カギと仰せられるのですな」

玄関へ出て来たねこぜの善兵衛は、妙な顔をしていた。

「ご家老の仰せである。とかくのうわさある昨今、若殿ご滞在中はカギ類はいっさい手もとにさしおかれるとのことだ」

背を向けて立った百合之助がいっている。――あけっぱなしの木戸からスルリとはいって、玄関わきのヤツデのかげへしのび込んだ森助は、もうこっちのものだと思った。飛び出しさえすれば、すぐ手の届くところに、百合之助のきゃしゃなうしろ姿があるのである。

「承知いたしました」

善兵衛は陰険な目をキラリとさせながら、暗い奥へ姿を消した。

(フン、善兵衛さんもやる気だな)

いいカモなのである。守銭奴といわれるくらいの男で、この中年までただ金を集めることのみを唯一の楽しみに、妻も子もなく、好きな酒さえ自分ではめったに買わない偏屈者である。五十両が五両でも、この男なら見のがすまい。

(が、こっちが先口なんだからね、お先へごめんこうむりますぜ)

森助はニタリとわらいながら、――見ると、百合之助は何の気もつかず、ひたすら善兵衛の消えたふすまのほうを待ちかねている、油断しきった姿だ。

サーッ! と秋風が吹きつけて来る。

(今だ!)

ハッとヒョウのように、おどり出した森助、

「あ、な、なにを――!」

わずかに叫ぶ百合之助の背後から、左腕をその柔らかい首へからみ、右手に持った手ぬぐいで口を押えて、グイと力いっぱいしめあげた。かわすも避けるもない慣れきった手口のうえに、がっしりと体格のある森助の腕力である。不覚にも百合之助はバタバタ

とわずかに足を動かしただけで、ワシにつかまったスズメにもひとしく、たちまち気力を失って行く。

(それ、おとなしくなったな。いい子だ。じっとしていなよ。少しのがまんだ)

森助は勝ち誇って、——相手が絶息する一瞬手前、気を失ってはめんどうである。ちゃんと見はからっていたのだ——おし当てた手ぬぐいの上からもう一つの手ぬぐいで、すばやくさるぐつわをかませ、まだじゅうぶん意識のつかぬぐったりと重いからだを器用に扱って、たちまち手足を用意の細引きでしばり上げてしまった。ほんのタバコ二、三服の間である。

(女だぜ。——フン、やっぱりめろうとおいでなすった)

白々とたあいのないからだを式台の上にころがしながら、森助は悪魔のような醜いわらいをうかべた。

「——!」

ほっと正気に返ったらしい百合が、胸へ触れているぶしつけないまわしい手を払いのけようとするように、必死に身をもがき始めた。蒼白(そうはく)な顔、憎悪(ぞうお)のこもった目——それさえすでに女らしく、どこか弱々しい。

「あばれちゃいけねえ。おとなしくするんだ。もうおまえ、あばれたってムダだからな。自分のからだが痛むだけだぜ」

森助がなだめるようにささやく。

「アッ！」

なにげなく出て来た善兵衛が、このありさまに思わずうめいた。ちゃんとカギの束を手にしているのである。

「北野さん、うまくいきましたぜ、半口乗せますよ。へへへ、お屋敷内を借りたんだからね」

のっそり森助が立ち上がった。百合の百合之助を自分の背にかばうように。――女であることを善兵衛に知らせたくないのだ。

「森助、きさま――！　どうするのだ、ご家老の使いだぞ！　すぐ人が捜しに来るではないか！」

善兵衛はそれどころではない。伊織のいいつけで自分のもとへ使いに来た百合之助、帰りが手間どれば、すぐだれか捜しに来るだろうし、たちまち露見することなのだ。さすがにあおくなってしまった。

「北野さん、そんなことをいちいち気にしていたんじゃ、なんにも仕事はできませんぜ」

森助はずぶとくせせら笑った。

「しかし、きさま、すぐ露見するようなまねをして——あとのしまつを、どうするんだ」

木戸のほうを気にしながら——今にもだれか百合之助を捜して来はすまいかと、ねこぜの善兵衛はいらいらしているのだ。

「なあに、だれか人が来たら、どなたもお見えになりませんて、しらをきっていりゃいいんでさ。玉の始末はあっしがする。こうなりゃ、どうせあっしは、もうここにゃいられねえんだから、いざとなったら、みんなあっしのせいにしておきゃいい」

「——」

なるほど、そういわれればそうだ。

「で、きさま、これからどうする」

「どうするって、きまってるじゃありませんか、半の字のところへご注進さ」

「あれは？」

善兵衛が無残に縛り上げてころがしてある百合之助のほうを、あごでしゃくる。

「ひとまず穴へでも運んでおきましょうよ」

森助はむぞうさに百合のからだへ手をかけようとしたが、気がついて、じゃまになる大小を腰から抜き取った。

「北野さん、役得にするんだね」

それを善兵衛に渡して、軽々と百合を右腕にかかえ込む。急に百合がもがきだした。

「フフフ、おとなしくしろってば――あきらめの悪い女郎だ」

思わず口にして、ハッと気がついたから急いでいい足した。

「まるで女郎のような陰間だぜ、こいつは」

「夜番に見つからんように気をつけろよ」

「がってん――!」

強力の森助はしっかり百合をかかえて、すばやく木戸を出ながら、――フン、まぬけだな。びくびくばかりしてやがって、なんにも気がつかねえんだ、と薄ら笑いをうかべていた。

さすがに覚悟したか、それとも突然襲った極度の絶望に気力を失ったか、百合はもうぐったりと動かなかった。

森助は注意深くあたりへ気を配りながら、明るい月かげを避けて物陰へ、ヒョイヒョイと魔のようにとんで行く。さいわい、夜番にも出会わず、裏門の近くの雑穀倉までたどりついた。そのまん中の倉が、かれらのいう穴になっているのである。

「ざっとこんなものさ」

錠をあけて、まっ暗な倉の中へはいった森助は、そっとそこへ百合をおろして、手さぐりで火打ち道具を持ち出した。ここまで来れば、もうめったに人に見つかる心配はない。やがてちょうちんに灯がはいると、中は四方へ俵を積んだなんの不思議もない平凡な雑穀倉だ。

が、森助はすみのところの、俵をかたよせてグイと床板を引き起こした。ポカリ四尺四方ばかりのまっ暗な穴が口をあける。階段で地下室へおりられるようになっているのだ。

「念には念を入れてって、いろはがるたが教えてらあ。うまいことをいいやがる。悪党の論語にできたようなもんだ――どうせすぐまた連れて行くんだが、油断大敵、おっと、こいつもいろはがるただな」

森助はひとりごとをいいながら、ちょうちんを片手に、百合を深い地下室へ運び込んだ。四方を石でたたんだ八畳ほどの板敷きである。ガランとして何もないのが、墓穴のようでいっそう無気味だ。

「ちょうちんだけは、つけといてやるよ。ネズミが来るといけねえからね。――そうだ、足のなわだけといてやろう。そのほうがいくらか楽だ。フフフ、親切だろう、森助さんは」

百合は死人のように目を閉じて、冷たく身動き一つしなかった。

「じゃ、ちょいと行って来る。すぐ迎えに来るから、おとなしくしていなよ」

森助はさっさと階段を引き返していく。

「五十両ときやがった」

裏門から脱け出した森助は、ゾクゾクするような喜びに有頂天になっていた。当分かってなことをして暮らせるのである。うまい酒が飲めるのである。

「フフフ、ちょいと絞めただけで五十両か」

こんな楽な仕事は今までになかった。少し、はりあいがないくらいである。

「相手が女じゃなあ」

ふっと、ぐったりあおざめた百合の死人のような顔が目にうかんで来た。ふっくらとした胸、若さに張り切っているしなやかな肢体(したい)——そのむっちりしたからだが必死に身もがきして——まだこの腕の中にほのかな感触が残っている。

「いけねえよ、森助、商売物じゃねえか」

森助はいそいで首をふった。常泉寺のかどである。夜ふけて人っ子ひとり通らなかった。

娘は深い穴倉の中で、まだ死人のように気を、失っているだろう。足の細引きをといていた時ちょうちんのにぶい光の中にチラリと浮いた白い脛(はぎ)、——その時は欲気いってんばりで何とも感じなかったが、

「畜生——！」

いつの間にか森助は立ち止まっていた。ほこりをまいて風が吹きすぎて行く。

（だれも知りやしねえんだ）

知っているのは、ねこぜの善兵衛だけだが、——それも女と気がついてはいないのだし、だいいち、ああビクビクしていちゃ、倉のそばへも近よれまい。

(どうせ半の字だって、女とわかりゃ、なにをするか知れやしねえや)

一度燃え上がった煩悩(ぼんのう)が、消そうとすればするほど、いじ悪く炎となって、どうにもあきらめきれぬ。森助はゴクリとなまつばをのみこんで、駆けだしたのである。もと来た道のほうへ。

「すえ膳てやつよ。フフフ」

ワクワクと倉の戸口へしのびよって、森助はあたりを見まわした。お月様のほかにはだれの目もない森閑たる屋敷内である。ニッタリ笑って、すばやく中へはいり、うしろの戸をしめながら、

「アッ!」

森助はがくぜんと息をのんだ。たしかにしめて出たはずの穴の口があいている。下からポッとほのぐらい光がさしているのだ。

(逃げられたかな?——それとも!)

リスのように階段口へ飛びついてのぞいて見ると——意外にも、ねこぜの善兵衛なのだ! 足だけの自由を許された娘が、壁のいちぐうへ追いつめられて、恐怖いっぱいの目を大きくみはっている。肩も胸もあらしのように波打って、崩れたえりからわずかに

のぞくはだが、におうばかりなまめかしい。今にも飛びかかりそうな善兵衛だ。

（畜生、知ってやがったんだ、畜生！）

どうしてくれよう！　森助はカッとからだじゅうの血が燃え上がるような気がした。

（てめえはなにも手を下さねえで、人の物を横どりしやがる）

どうにも勘弁できない気持ちだ。いかりに身ぶるいしながら、――しかし、森助は用心深かった。うっかり飛びこんでいけば、相手は武士、刀を差しているのだ。やっかいである。

一度、そっと戸口まで引き返してわざと下へ聞こえるように足音をたてながら、森助は穴の入り口のほうへ歩みよった。

「――」

はたして、ギョッと善兵衛が見上げている。

「あ、北野さんか」

森助は階段に足をかけながら、

「びっくりしたぜ。しめておいた床が、開いている。あっしは、てっきり玉に逃げられたと思ってね」

なにげなく話しかけて、そのままトントンと降りて行くのだ。善兵衛は陰険な目を光らして油断なくむっつりとにらみつけている。

(助かった――!)

森助の顔を見た瞬間、それが決して本当の救いの主であるとは思いもおよばなかったが、とにかく寸前に迫った毒牙(どくが)だけは危うくのがれたのである。百合はホッとして、思わずそこへフラフラとくずれるようにひざをついてしまった。

恐ろしいあの顔、あやしくギラギラと燃える醜い目、どす黒く厚ぼったいくちびる、善兵衛は一言も口をきかなかったが、ちゃんと自分を女と知っていて、ジリジリと迫るのである。あの野獣のような手に一度つかまれたら、自由のきかぬからだ、もうダメだと思った。全身を無数のナメクジにはいまわられるような悪寒(おかん)が走って、すでに気力がつきかけていたのである。

そこへ森助があらわれたのだ。

「どうしたんだね、北野さん」

森助は階段をおりきって立ち止まった。――その笑っている顔を、百合はあえぎながら、悪夢の中にいるような気持ちで見上げた。

善兵衛は答えない。こっちへ背を向けているから顔はわからないが、

「――」

「あっ、いけねえよ、北野さん！」

森助の顔から、スッとわらいが消えて、一足すざったのである。

「何も、何も、そんなおっかねえ顔をしなくたって。――知っているんだね、善兵衛さん。それならそれで話は早いや。ね、相談といきましょう。おまえさんとあっしふたりきり、だれも気のつかねえ穴倉の中だ」

ピタリと壁に身を寄せて、森助が哀願するようにいいたてた。

（ああ――！）

百合は耳をおおいたかった。予期はしていたが、これもやっぱりけがらわしいオオカミだったのである。陰険なヒョウと、どんらんなオオカミと、今は二匹にねらわれて、あぶないからだになってしまった。

「相談――？」

善兵衛がはじめて、低いしゃがれ声を出した。

「相談でさ。しかたがねえや、北野さんにそう見抜かれちまったんじゃ、あっしはあき

らめる。そのかわり、女がはだに巻いている胴巻きを取ってください。しばる時ちゃんと当たっておいたんでさ。なわを解かなくちゃとれねえ。めんどうだから、あとにしようと思ってね。ふたりなら、ぞうさはねえ。あっしが手をおさえているから、ちょいとなわをゆるめて抜きとっておくんなさい」

「――?」

ついつられて、善兵衛がチラッとふり返ったほんのわずかなすき――実に驚くべきびんしょうさだった。あいくちを抜いたのと、足で背後の壁をけって、反動のついたからだごとぶつかって行ったのと同時。

「やろう!」

「ワーッ」

虚をつかれてよろめいた善兵衛は、ドスンとしりもちをついた。つきながら、それでも抜刀して

「おのれ――」

うめくように立ち上がったが、一突きにみぞおちのあたりを刺されて、森助の手をすべったあいくちが、まだそこへ深く、突き刺されているのである。

「ううむ！」

善兵衛はヨロヨロと二足三足、が、それがせいいっぱいでふたたび前へドッとのめって行く。

「ざまあ見やがれ、どろぼうネコめ。てめえたちになめられてたまるけえ。だれだと思ってやがんだ」

すばやく元の壁へ張りつくようにじっと様子をにらんでいた森助が、もう動けぬと見てとって、悪魔のようにののしった。

「フン、そこでゆっくり見物していな。森助様の腕まえをな」

この悪党には、ちゅうちょというものがない。もうツカツカと百合のほうへ進み寄って来るのだ。

桃太郎侍はお俊の家の台所へ立ち往生をしたまま身動きができない。敵は人数を呼びに行ったから、まもなくここへ押しこんで来るだろう。しかも、話の様子では、路地口もみんなふさいでいるらしい。

（やっかいなことになった）

いささか当惑しているのである。

「どうしましょう！」

お俊は気が気ではなかった。ほの暗く障子にうつる居間の灯かげに、じっと沈思しているような桃太郎侍の白い横顔が、鋭くひきしまっている。ひいでた鼻筋、意思の強そうな男らしいくちびる——小鈴という女が大騒ぎしているようだけれど、この人にはたしかに女心をひきつける強い力があるのだ。そういえば、どこのお嬢様だか知らないが、昼間腰元ふうをして来て、小姓姿になって行った、あのゆいしょありげな娘も、たしかにこの人をおもっているに違いない。見る目、話す目に、おおいきれぬ思慕の情のこぼれるのを、お俊は女の敏感さから、ちゃんと見抜いていた。

今、せっぱつまったその人の激しい顔をすぐ目の前に見て、あのひとたちが夢中になるのも無理はないと思いながら——お俊はふっと、自分でさえこのたくましい強さにひきつけられるものを、ひそかに恥じたくらいだった。

（おや、目をどうかされたのかしら）

はじめて気がついた。さっきから転倒ばかりしていて、何か妙だとは思っていたが、あんな大きな目おおいが、少しも目につかなかったのである。——が、今はそんなことを聞いていられる時ではない、なんとかして助けてあげるくふうをしなくては！

ゴーッと風が雨戸へ吹きつけて来る。

「お俊さん――」

桃太郎侍の片目が、ふっとこっちを見てわらった。何か決するところがあったらしい。もういつものあのおだやかな顔である。

「あんた、まだお針中だろうな」

「はい。小鈴さんとかいうかたの、もう少しで縫い上がりますので」

「それを続けていてください。まさか、台所まで見ようとはいうまい――来たら、隣はふたりで、なにか言い争いをして、いましがた出ていったらしいと、そういってください」

「でも、もし家さがしをすると申しましたら」

「まさか、そんな乱暴もすまいが、その時はその時で、臨機応変、ご迷惑はかけません」

「いいえ、迷惑などと、わたしは少しもかまいませんけれど」

「いや、心配しないでください」

わらっているのである。その静かな深いまなざしに、胸の奥まで見とおされているようなおもはゆさを感じて、

「では、おことばどおりに――」

お俊はそっと障子をあけた。

ほんの一瞬の違いで、お俊が縫い物の前へすわるかすわらないに、

「頼む。――ごめん」

トントントンと、もう表戸をたたくのである。

「はい――どなたさまでございます」

落ち着かなければいけない、――お俊はそう思って、なにげなさそうに立って行った。

「――？」

戸をあけると、浪人者ふうの大の男が五、六人、ジロリと家の中をのぞき込んで、中のふたりばかりが物もいわず押し上がろうとするのだ。

「アッ、何をなさいます、無礼な！」

お俊はハッと上がり口に立ちふさがった。無礼も無礼だが、それでは桃太郎侍が何を

するすきもあるまいと必死だったのである。

「かまわん、両隣がいちばん臭いのだ。やれ！」

表のひとりがさしずする。

「どけ！　じゃまをすると、ためにならんぞ。物とりではない。静かにしておれ」

ひとりがムズとお俊を押えつける間に、ひとりがもうへやの中へ、――桃太郎侍の目算はみごとにはずれたのである。

「な、なにをなさいます！」

気丈なお俊だった。たかが女ひとり、――それもこんな裏長屋には珍しい、意外にも美貌の年増である。役得とでも思ったか、ニヤニヤ笑いながらむぞうさに押えつけようとする浪人者を、タッ！　と力いっぱい突き飛ばす。

「やっ、こいつめ！」

不意をくらって一度はよろめいたが、たちまち猛然とつかみかかって来た。

「無礼な！」

身をさけようとしたがまにあわない。大きな腕の中にムズと抱きすくめられて、

「どろぼう！——だれか来てください！」

「バカ、静かにせんか」

必死に争っている間に——ドヤドヤッと押し込んだ二、三人が、押し入れといわず、台所といわず、人の隠れそうなところは、かまわずあけひろげていた。

「おらんようだ」

「どこにもおらんな」

その声を聞いて、お俊は急に全身の力が抜けてしまった。——いなければ、うまく逃げてくれたに違いない。

「こわいよう、ワアーン！」

物音に目をさました仙吉が、突然ありったけの声をあげて泣きだした。

結局、この乱暴きわまる家さがしは、浪人者のほうの不覚であった。近所じゅうの者が起き出して、

「どろぼうだぞうッ——お俊さんの家だよう」

「押し込みだッ、みんな起きろ！　浪人者だ！」

一度に騒ぎだしたのだ。むろん、相手がぶっそうな連中なので、決してそばへは近寄

らない。遠くからわめくだけだ。

「こら、静かにせんか！」

「騒ぐやつはかたっぱしからたたっ斬るぞ」

ろうばいした浪人たちは、中には抜刀しておどしにかかったのもいるが、——もういけない。騒ぎはそれからそれへ、金ダライをたたきだすもの、拍子木を打ち鳴らすもの、商売用の鉦（かね）太鼓まで持ち出して、一画五十軒のお化け長屋じゅうが騒然とわきたって来た。

その騒ぎを、桃太郎侍は引き窓から屋根へのがれ出て聞いていた。

（これじゃ手のつけようがあるまい）

見きわめがついたので、体を低く構えながらスルスルと、屋根伝いに裏手路地口のほうへ進んで行った。だれも上へ気のつくものはなかったのである。

「失敗だな」

聖天社のがけっぷちへ抜ける出口に立っていたひとりが、苦い顔をして舌打ちをしていた。黒もめんの紋付き、岡という剣客の卵である。

「なんていうバカ騒ぎだ」

ひとりは不安そうに、路地をのぞき込んでいる。ほかの者は応援に中へかけこんだのか、ここはふたりきりだ。

「青あざは逃がしたというし、——伊賀先生、は今夜は荒れるぞ」

「いったい、桃太郎侍ってやつはどうして斬らなけりゃならんのだ。ただの素浪人なんだろう」

「いや、どうも敵の息がかかっているらしいんだ。——それに、小鈴あねごな」

「ああ、あの代地の」

「あれが桃太郎侍にほれ込んでいる。いのちがけだ」

岡はニヤリと笑った。船宿田中屋の二階の様子を見ていたやつだ。

「大きな声ではいえんが、伊賀先生、どうも、あねごにおぼしめしがあるらしい。いつもあねごにだけは少し甘いからな」

「つまり、早くいえば、恋路のじゃまというやつか？」

「そうとしか思えんのだ。あねごがきっと味方にするといって出たあとで、——めんどうだから、やってしまえ、ただし、小鈴に知られぬようにやれ、といいつけていた」

屋根の上の桃太郎侍、たいへんなことを聞いてしまった。

「こわいな。恋の遺恨だとすると、ただ失敗したではすまんぞ」

相手はまゆをよせた。

「いや、まだ失敗とはきまっておらんさ。――しかし、よく騒ぐなあ」

黒もめんの剣客の卵は路地をにらんだ。――あっちでドンドン、こちらでガンガン、長屋じゅうの騒ぎはおもしろ半分、ワーッ！　ワーッ！と、ときの声をあげている。

（そうか、ただそんなくだらん野心から向けられた人数か）

桃太郎侍はほっとした。臭いとにらんで少なくとも下屋敷とこの裏長屋へ何か糸をひいているらしいけはいでも想像しての討っ手ならどこまでも自重する必要があるが、ただ単に桃太郎侍一個をねらって来たのなら遠慮はいらない。

（手にあまったら斬って逃げるまで――九つにはまだじゅうぶん時間があるのだ）

そう思ったから、桃太郎侍は足場をはかってヒラリと屋根から裏道へ飛びおりた。

「アッ、何者！」

ひとりががくぜんとふり返って、刀のつかへ手をかけようとするところを、

「エイ！」

むろん、峰打ちだった。右ひじがわずかに上がってあいたわき腹へしたたか抜き討ち

の烈刀。

「ワーッ」

ドッとよろめいて倒れる。

「や、出たぞうッ！　桃太郎侍だ！」

剣客の卵が絶叫しながら、夢中で抜刀した。——その声は騒ぎに消されて、長屋の中の敵の耳には満足にとどくまいと思ったが、手間どってはめんどうである。

「——」

桃太郎侍は聖天社のがけにそって、いきなり駆けだした。

「逃げるか、こやつ！」

不思議なものである。相手が背を見せると急に強くなって、意気込みながら追って来る。——それが手だった。うまくつり出しておいて、勢いのついたところで不意に立ち止まりながら、クルリと向き直った。

「アッ」

驚いて踏み止まろうとしたが、勢いあまってトントンと二足三足、前へのめり出す体勢のくずれへ、

「エイ！」

迎え撃つような格好に、肩先へ撃ち込んだ。強打だ。

「ワッ」

そのまんまつんのめって、気を失ってしまったらしい。

（まず、これでよし）

前後に人のないのを見さだめて、桃太郎侍はさっさと山の宿のほうへ歩きだした。

（少し時刻が早いな）

百合との約束は九つ（十二時）である。早く行きすぎて待つのは大変だし、だいいち、うっかり裏門のあたりをうろついていて、もし敵の目にでもついては、それこそ危険である。桃太郎侍はちょっと思い迷った。

が、ちょうどその時はすでに、百合がカギをとりに行って、森助の毒手にかかったころであった。

さて、——悪党森助にとって、ねこぜの善兵衛が穴倉の中にしのび込んでいたことは、全く思いがけないことだったのである。しかも、どうかぎつけたか百合を女と知って、自分が伊賀半九郎のもとへ知らせに走っている留守に、かってなまねをしようとしているのだ。おそらく、あの陰険な男のこと、もし自分が途中から引き返さなかったら、うまうまと、したいことだけのことをして、黙って小屋へ帰って口をぬぐっている気だったのだろう。

(畜生――!)

森助はたあいもなくそこへうつぶしに息絶えている善兵衛の醜い死にざまをにらんでせせら笑いながら、その凶悪な目を、暗い一隅(いちぐう)に顔もあげずおびえきっている百合のほうへ向けた。

陰々として物音一つ聞こえぬ穴倉である。しめった空気は血のにおいがよどんで、壁にかけたちょうちんの暗い灯が一つ、その灯のとどかぬすみずみを無気味なやみがうごめいていた。

地獄! いや、百合にとっては、それよりも恐ろしい絶望の深淵(しんえん)だった。

「ねえさん――!」

つかつかと前へ寄って、森助が呼んだ。にごった声である。

「フフフ、こわがるこたあねえ。おれは考え直したよ」

「――?」

百合はチラッと目を上げた。――助けてくれるというのかしら？　そんなワラにもすがりたい心だった。

「かわいい目をしやがる。どうだ、おまえ、おれの女房にならねえか」

森助が醜い顔を近々と押しつけんばかりにしゃがみ込んだので、百合はハッと身をひいた。が、背後は冷たい石の壁である。

「いやか？　フフフ、いやだってしかたねえや、おれは気が変わっちまったんだからな。――半の字、知ってるだろう。伊賀半九郎って悪いやろうさ。国もとの殿様のご愛妾、お梅の方っていう、若殿万之助を生んだ鷲塚主膳の妹だ、いい女だぜ。おまえもいいきりょうだが、ちっとばかし色気が足りねえ。もっとも、まだ生娘だからな。そこがまた、いいところなんだが」

なめるようにからだじゅうを見まわされて、そのいやらしさ！　百合は身のすくむ思いだった。が、これは聞きずてならない。鷲塚主膳、――これこそこんどの陰謀の張本人なのだ。

「お梅の方は殿様が夢中になるくらいだから、そりゃ色っぽい。いってみりゃ毒婦ってやつだな。おれは主膳の家に奉公していたんだから、ちゃんと知ってる。半の字はそのお梅の方をたらし込んだすごいやろうさ。フフフ、万之助様だって、本当はだれの子だかわかったもんじゃありゃしねえ」

「――？」

「だからよ、おれは半の字に頼まれて、おまえをこんなめにあわしたんだが、その半の字におまえを渡すのが、急にいやになっちまったんだ」

森助はゆうゆうと構えこんでいる。だれも気のつかない穴倉の中だ、あわてることはないのである。――できるだけ獲物をたのしもうとする残忍性が、人ひとりを殺して、いっそう森助の胸をしめつけるようにくすぐっているのだ。

「約束どおり、おまえを半の字に渡したって、せいぜい三十両か五十両だからね。――そのうえ、おまえは半の字のおもちゃさ、つまらねえや。おれはねこぜの善兵衛を殺して、ふっと気が変わったんだ。ねこぜは食うものも食わずに金をためてやがった。その金と、おまえをさらって好きなところへ高飛びする。フフフ、どうでえ、うめえ知恵が出たもんじゃねえか」

「――」

百合は激しく頭をふった。聞くに堪えなくなったのである。だれが、こんなけがらわしい下郎などに、と思うと、かいがないこととは知りながら、身もがきせずにはいられなかった。

「ダメなこった！」

反抗されればされるほど、からかいたくなる森助だった。いきなりムズと百合の両肩に手をかけたが、

「おっと、金のほうが先だぞ、森助。あわてちゃいけねえ。屋敷じゅうのやつらが騒ぎだすと、肝心の金を貰いそこなうからな。――待ってなよ。フフフ、よく考えてな、人間はあきらめが肝心だ」

森助はせせら笑って、楽しそうに行きかけながら、

「こんちくしょう――！」

ふっと目についたねこぜの善兵衛の死骸をあしげにした。そのまま、穴倉を出て行ったのである。用心深く床板をしめて、その上へ俵を二、三俵積み重ねて――。

約束の時刻には早かったが――こういう時一応下屋敷の周囲を見ておくのも何かの便宜になろうと、桃太郎侍はまっすぐ小梅へ帰って来た。万一悪人どもの見張りがあると

すれば、それがどんなふうに網を張っているか、知っておくこともムダではないと考えたのである。

しかし、来てみると、それらしい様子はさらになく、下屋敷は青い月光の中にしんしんとふけていた。人影一つ出会わない。

（まさか、まだ迎えに出てはいまいな）

桃太郎侍はふっと百合の白い顔を思いうかべながら、裏門の重そうなとびらを押してみた。

（はてな——！）

キーッとかすかにきしんで、それが苦もなく開いたのである。中へはいってあたりを見まわしたが、百合らしい者の姿も見えぬ。木立ちへサーッと強い夜風が吹きつけていた。

（百合のほかに、この門をあける者はないはずだが）

だれかほかの者があけたとすれば、それは自分のためにではなく、別に何か目的のある者の仕事だ。——あるいは裏切り者が、外の敵と内通するためにあけたのかもしれぬ。

（よし、見とどけてやろう）

桃太郎侍は暗い植えこみの中へすばやく身をひそめた。そして、ここまで来ればもう用はないうっとうしい目おおいと目の曇り――サカナのうろこを細工したもので、人には盲目に見えても、こっちからはよく見えるのである、それをはずして、ふところへ入れた。

ちょうど、そこからは左手に裏門、右手に沿った三棟の雑穀倉の戸がならんで見渡せるのである。

「アッ――！」

こんな物でも利用すれば、けっこう悪人の忍ぶ場所にも会合の席にもなるだろうと、――なにげなく倉の大きさを目測していた桃太郎侍は、意外の目をみはった。そのまん中の倉の戸が内からあいて、スッと出て来たやつがある。

門番中間の森助だ。そっとあたりをうかがうようにして、うしろの戸をしめると、スタスタ表門のほうへ歩きだした。用があって何か取りに来たにしては、その人目をはばかるようなそぶりが少し妙だ。

（夕方も、森の中をうろついていたやつ――）

いったい、何をしに、今ごろあの倉へ来たのだろう。

不審に思ったので、桃太郎侍は一度中を調べてみることにした。

が、戸をあけて、外の月あかりにすかして見たが、別に何も見当たらぬ。普通の雑穀倉だ。

(思い過ごしだったかな)

あるいは、ゲス根性、この倉の中の俵を持ち出して売って金にする。そのために、裏門をあけて外から来る買い手を待っている。そんなふうに考えられないこともない。

「それなら今騒ぐことはない。あとで係りの者に注意しておけばいいのだ」

二足三足中へはいった桃太郎侍は、壁ぎわに積んである俵をずっと見まわした。その一所、ポツンと三俵ばかり別に俵がよけてある。

「あれかな——?」

思わずツカツカと、進み寄った桃太郎侍、アッ! という間に体が宙にういて、——おとしあなにかかったのだ。

「しまった!」

驚きながらも、とっさにグッと足を縮めて身構えたから、ドッと下へ落ちた時には

二、三度反動が来ただけで、スッと立つことができた。思わず上を見上げると、相当高い天井が、もうちゃんと、もとのとおりにしまっている。回転式にでもなっているのだろうか？

それにしても、あたりに光がある。

「おお――！」

桃太郎侍はたちまち、そこに百合がしばり上げられて、無残にもさるぐつわまでかまされた顔を発見したのである。

醜い善兵衛の死骸と一つ穴倉にとじこめられているさえ無気味なのに、あの悪魔のような森助が帰って来たら、こんどこそ無事にはすむまい。百合は恐怖と絶望に身も心も疲れきって、すわっているのさえやっとであった。いっそこのまま死んでしまいたい気持ちである。

その目の前へ、不意に天井からドッと人が落ちて来たのだ。飛び上がらんばかり、ゾッと驚きの目をみはって、――それが夢にも思いがけないその人の姿だとわかった時の狂喜！

「――！」

不自由な身を、どう立って飛び込んで行ったか、百合は次の瞬間、まりのようにからだごと桃太郎侍の胸の中へ倒れ込んでいた。

「百合――！」

しっかりと抱き止めて、――これも実に意外だったのである。一瞬ぼうぜんと信じかねるように腕の中の百合の顔を凝視した。

「どうしたのだ、この姿は！」

が、さるぐつわに気がついて、すぐそれを解く。からだの細引きは小柄を抜いて手早く切り捨ててやった。

「若様――！」

百合は自由になった身を放すまじとすがりつきながら、男のたくましい胸へ力いっぱい顔を埋めるように、ワッと泣き伏してしまった。死の恐怖にさいなまれつづけて来たおとめごころは、今突然恋しい人の手に救われて、あらしのような激しい感情を、われながら、どうしずむべくもなかったのである。

「――」

桃太郎侍はコトリのように身を震わしている双の肩を気のしずまるまで強く抱きしめ

てやりながら——しかし、目は忙しく八方へ働いていた。ここは深い倉の地下室である。四方は石の壁で出口は階段を通じて一つ、その階段の近くに何者とも知れぬ死体がうつぶせになっている。抜刀して倒れている格好は、殺されたものだ。しかも新しい血のにおいである。

「さあ、落ち着かなければいけません。われわれは悪人のわなにおちているのだ」

「はい」

百合はやっと弱々しい顔をあげた。泣きぬれた目が、任せきったように、そっと見上げて来る。

「あの死体はだれです！」

「北野善兵衛ですわ」

「お百合さんをこんなめにあわせたやつは、善兵衛か、森助か」

桃太郎侍は気軽に話しかけていく。まだじっと百合を抱いているのは、早く小さな胸を恐怖から救って落ち着いてもらわなければならないからである。

「善兵衛のところへ、カギを取りにまいったのです。そしたら、森助がふいにうしろから飛びかかって来て——」

「グルだな。ふたりで、この穴倉へ運んだのか?」

「いいえ、森助ひとりです。その森助が伊賀半九郎のところへ知らせに行ったあとへ、善兵衛が――」

さすがに口ごもって、ハッと胸へ顔を伏せる。

「善兵衛は、お百合さんを女と知ってたんだな」

「ええ」

「森助も知っている。だから、森助が善兵衛を殺した。――なぜ、森助は穴倉を出て行ったのだろう?」

「善兵衛がためているお金をとりに行ったのです。それから百合をつれて逃げるのだと――」

「そうか。では、まもなく引き返して来るな」

桃太郎侍は、つと百合を放して、ちょうちんのそばへ寄るなり、その灯を消した。穴倉いっぱいに、うるしのようなやみが立ちこめる。

「あ――」

突然視界を奪われて、ハッと立ちすくむ百合のところへ、

「ここだ、お百合さん。――驚くことはない」

勘よくもどって来た桃太郎侍が、やさしい手を差しのべてくれた。

「こわい！」

百合は差し出された桃太郎侍の手を探り当てると、いきなりしがみついて行った。おびえきっている心に、突然訪れた地の底のやみは、やっぱり心細く不安だったのである。

「弱いことを――」

なつかしい人の声が耳もとで静かに笑った。

「森助にこっちの姿を見られては不利だ。こうして待ち伏せしてみよう。――で、森助は伊賀半九郎に報告して来た様子だったろうか」

「いいえ、途中から気が変わって引き返して来たのですって」

「気が変わる――？」

「いや――！」

百合はゾッと身ぶるいをした。――口にするにさえたえないことであったばかりでなく、あの善兵衛のいまわしい顔、森助の凶悪な顔、それがやみの中へありありと具現して、寸前にまで追いつめられた恐怖の印象をあらたにさせられたのである。

「そうか、お百合さんを女と知って、急に悪心が起こったのだな」

「百合は生きていません。そんなこと、そんなこと――」

今はたくましい人の胸に守られて、夢のごとく甘えてもみたい百合を、

「シッ！」

桃太郎侍が不意に制した。森助の帰って来たらしい足音が、天井で止まったのである。

「――！」

その天井の一角、たぶん、おとしあなになっているところだろう、ギーッとかすかにきしる音がして、

「畜生、灯を消してやがる」

案外声が身近に聞こえるのは、のぞきこんでいるらしい。

（いかん！――もう敵は気がついた）

桃太郎侍はハッとした。――おそらく気がつかずに階段口からはいって来るだろう、そこに出口さえ開けば、こっちのものであると考えていたのだが、大きな誤算だった。

森助はしめて行ったはずの倉の戸があいているのを見て、早くも気がついたに違いない。はいればおとしあなにかかる。いやでも穴倉の中の秘密を見ることになると頭が働いているのだ。

「やい、だれかいるんだろう？　返事をしろよ」

用心深く声をかけるのである。

「気絶しやがったかな。高いからな」

じっと、けはいをうかがっているようだったが、

「それにしちゃ、灯の消えてるのが変だ。すみのほうにある灯が、あおりぐらいで消えるはずはねえや。知ってるぜ、おれをだまそうと思って、わざと灯を消したんだ。その手は食わねえよ。――おい、返事をしねえか」

「――」

悪魔のようなやみの声に、百合は息をのんで桃太郎侍の胸へすがりつく。

「返事をすりゃ相談に乗ってやるぜ。おれが栓（せん）を一つ抜くと、この穴倉へは表の堀（ほり）の水が滝のように流れ込むんだ。どぶねずみになって死にたくなかったら、返事をしな。今のうちだぞ」

「――」

「やっぱり、気絶してやがるのかな。――いけねえよ、森助、念には念を入れよだ。いろはがるたを忘れちゃいけねえ」

床をふむ足音がして、倉のすみへ何か捜しに行ったようだ。

「若様、どうしましょう」

思わずいいかける百合の口をふさぐように、桃太郎侍はいそいで胸へ押しつけた。すぐに森助の引き返して来るけはいをさとったからだ。

火打ち石を鳴らす音がしだした。

(ぬけめのないやつ――)

灯りをつけて、一度穴倉の中を見ようとするらしい。あの悪魔に百合とのこんな姿を見せたら、それこそ、どんな凶暴性を発揮するかわかったものではない。

(気絶しているように見せてやればいい!)

とっさに桃太郎侍はそう思わぬでもなかった。が、百合のなわを解いている今、それをしばっている間があるまい。

(取る道は一つ――!)

覚悟をした時には、もうパッと燃え上がる火の光が天井にポカリとおとしあなの口を見て、——そこから乱暴にも突然燃える付け木を二、三枚ヒラヒラと投げ込んだのだ。が、さすがの悪党にも不覚はあった。その光でよく穴倉をたしかめようと、うっかりのぞきこんで来たのが運の尽きである。と、見るなり、

「エイ！」

桃太郎侍の手から、流星のように小柄が飛んだ。

「ワーッ！——畜生」

一瞬凶悪な顔はひっこんだが、たしか、のどぶえへ突きささったらしい、のたうちまわる音がして、

「畜生、やりやがったな、畜生！——う、いてえッ！　殺してやる。——う、苦しい！畜生、畜生」

ズルズルと重いからだをひきずって行くのだ。悪党の一念、仕掛けの水の栓を抜こうというのだろう。

「こわい！——若様」

「何をいう、この間だ」

付け木が燃えきって、ふたたびやみにのまれる寸前の光を利用して、桃太郎侍は百合の手をとるなり、しかりつけるように階段口へはしった。そして、わずかに一足掛けた瞬間、

ド、ドーッ！

不意に階段のいちばん上と思われるあたりから、滝のように水が奔騰（ほんとう）しながら落ちて来た。

「アッ！」

危うく足をすくいとられそうになった桃太郎侍――この激しい水勢では、とても階段はのぼれぬとすぐに気がついたので、思わずやみの中を反対側のほうへ逃げて来た。

（のがれる道なし――！）

猛烈な水の音、しかも見る見る足をひたして行く水量の速度――さすがの桃太郎侍も、この時ばかりは絶望せざるをえなかった。

「――」

あまりの恐怖に度を失ったか、百合は一言もなくしっかりと胸の中へ顔をうずめて、ただ放すまじとしがみついている。

「落ち着いて、お百合さん」

桃太郎侍ははっきりと、快活にその耳もとでさけんだ。

「まだ絶望するのは早い」

たとえ死なねばならぬ運命にしても、最後の一瞬まで百合には死の恐怖を思い出させまいと思ったのだ。はじめて強くその双の肩をだきしめてやりながら、

「希望は最後の一瞬まで失うものではない」

あたたかい愛情で、絶望を押しつつんでやろうとした。

水はすでに、ひざを越して来る。

「若様——！」

百合が胸から顔を放して、案外、静かに呼んだ。

「こわいのか、お百合さん」

「いいえ、ただ、百合の愚かしさから悪人にはかられて、若様をこんなめに——」

「何をいう。苦難は初めから覚悟のうえでかかった仕事だ。こんなことではまだ、拙者は負けない」

「若様、たったひと言！」

「遺言ならまだ早いようだぞ、お百合さん」

「いいえ、百合はもう覚悟しました。――たったひと言、若様の妻だと」

「――」

ものすごい水勢である。悪魔のような水は、うずをまきながら、刻々に半身へせまって！

「若様！――若様、たったひと言！」

百合は狂わんばかりにすがりついて来る。

本作品中に差別的ともとられかねない表現が見られますが、著者がすでに故人であることと作品の文学性・芸術性に鑑み、原文のままとしました。

（春陽堂書店編集部）

『桃太郎侍』覚え書き

初　出　「合同新聞」昭和14年11月2日〜15年6月30日　※現在の「山陽新聞」

初刊本　合同新聞社〈合同年鑑別冊〝時代小説　桃太郎侍〟〉昭和15年9月

再刊本　春陽堂書店　昭和16年9月
矢貴書店　昭和23年12月
大日本雄弁会講談社〈長篇小説名作全集19〉昭和25年11月　※『夢介千両みやげ』を併録
春陽堂書店〈春陽文庫〉昭和26年5月　※前・後、後に合本化
文芸図書出版社　昭和27年3月
文芸図書出版社　昭和28年8月
大日本雄弁会講談社〈ロマン・ブックス〉昭和30年11月　※上・下
春陽堂書店〈春陽文庫〉昭和31年1月　※前・後
講談社〈山手樹一郎全集1〉昭和35年9月　※『いろは剣法』を併録
桃源社〈山手樹一郎長篇選集4〉昭和37年2月
講談社〈山手樹一郎全集1〉昭和37年4月　※『いろは剣法』を併録

新潮社〈新潮文庫〉　昭和37年5月
講談社　昭和42年10月
河出書房〈カラー版国民の文学16〉　昭和42年12月　※『崋山と長英』を併録
桃源社〈ポピュラー・ブックス／山手樹一郎長編小説選集〉　昭和46年1月
弘済出版社〈こだまブック〉　昭和48年2月
講談社〈大衆文学大系27 角田喜久雄・山手樹一郎・村雨退二郎集〉　昭和48年7月
※角田喜久雄『妖棋伝』『風雲将棋谷』、村雨退二郎『富士の歌』『黒潮物語』との合本
筑摩書房〈増補新版 昭和国民文学全集15 山手樹一郎集〉　昭和53年3月　※『鬼姫しぐれ』を併録
春陽堂書店〈春陽文庫／山手樹一郎長編時代小説全集1〉　昭和53年3月
富士見書房〈時代小説文庫〉　平成元年11月　※上・下
嶋中書店〈嶋中文庫〉　平成17年9月　※1・2
新潮社　平成28年12月　※オンデマンドブック

（編集協力・日下三蔵）

春陽文庫

桃太郎侍　上巻

2024年1月25日　新版改訂版第1刷　発行

著者　山手樹一郎

発行者　伊藤良則

発行所　株式会社 春陽堂書店
〒一〇四―〇〇六一
東京都中央区銀座三―一〇―九
KEC銀座ビル
電話〇三（六二六四）〇八五五（代）

印刷・製本　ラン印刷社

乱丁本・落丁本はお取替えいたします。

本書のご感想は、contact@shunyodo.co.jp にお願いいたします。

定価はカバーに明記してあります。

ISBN978-4-394-90470-0　C0193